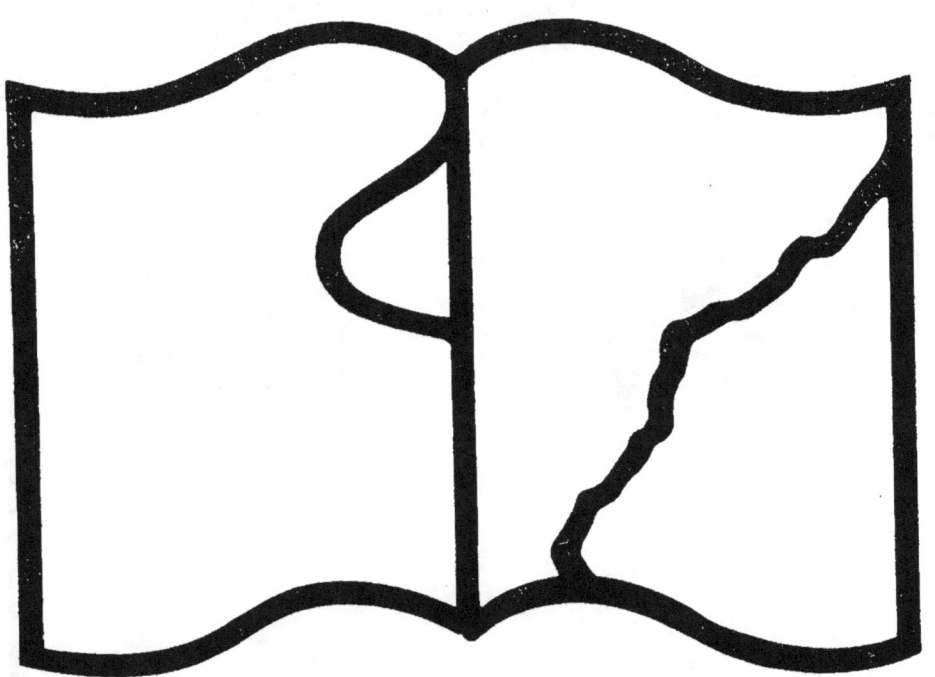

Texte détérioré — reliure défectueuse

NF Z 43-120-11

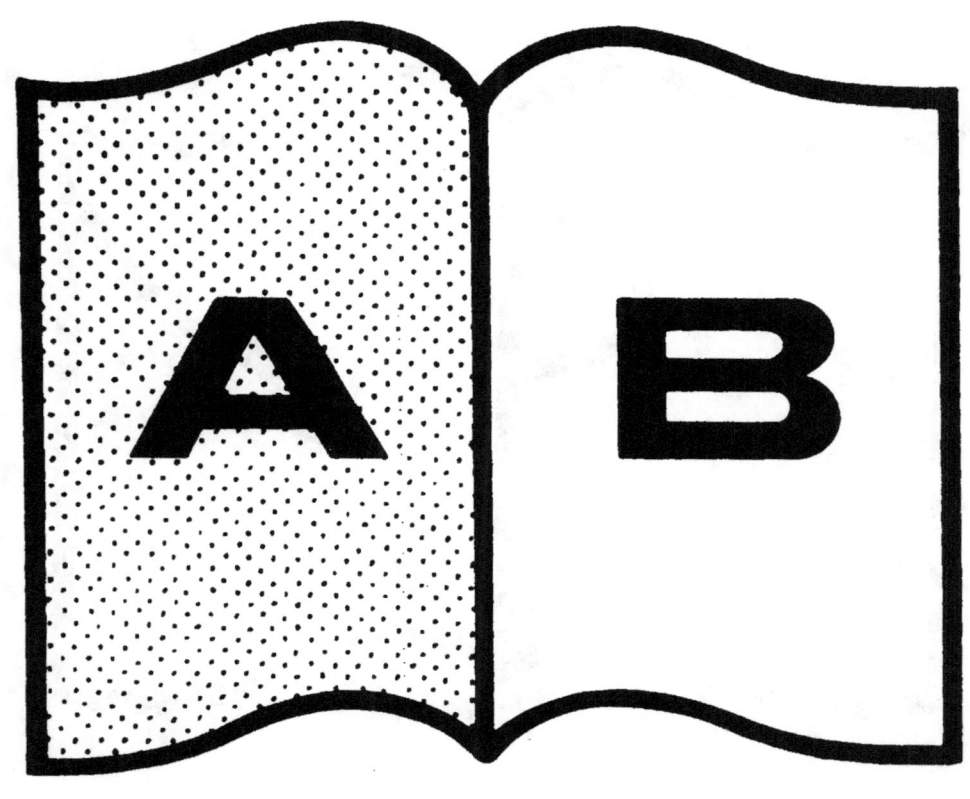

Contraste insuffisant

NF Z 43-120-14

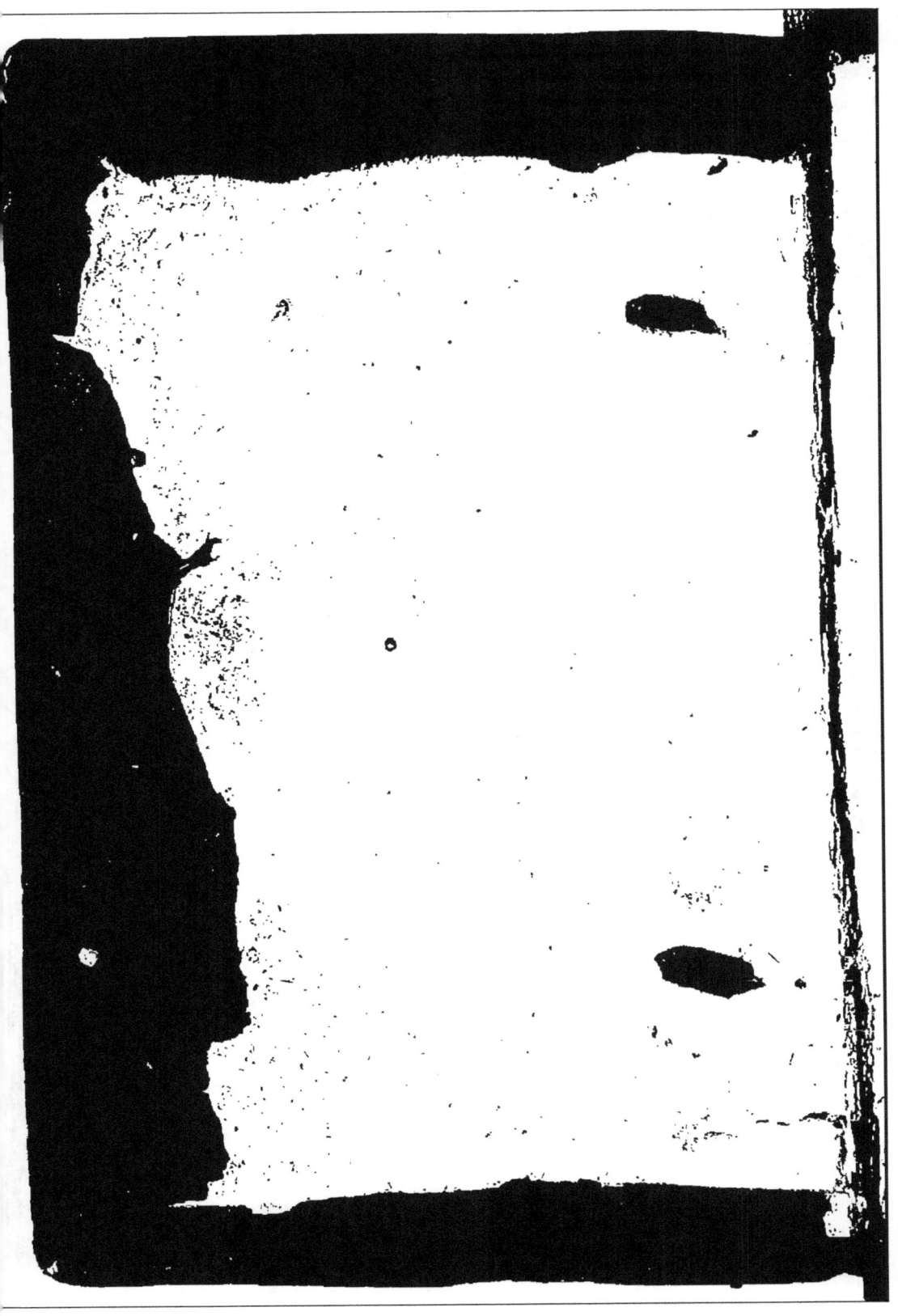

Wm Ingilby
Ripley
Yorkshire

Réc. p. Yc..
1863

LA
PREMIERE
COMEDIE DE TE-
RENCE, INTITVLEE L'AN-
drie. Nouuellement traduite de Latin
en Françoys, en faueur des bons
espritz studieux des antiques
recreations.

A' PARIS.

Par Estienne Groulleau, demourant en la
rue Neuue nostre Dame à l'enseigne
saint Iean Baptiste.

1. 5. 5. 2.

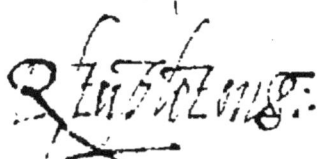

E
TRANSLATE

*cteur , en la quelle est declarée la ma=
niere que les anciens ont obseruée
en leurs Comedies.*

Our autant que plusieurs me
semblent beaucoup trauail-
lez à entendre la rayson &
maniere des Comedies anciennes, à sçauoir comment el-
les se faisoient , & le lieu ou elles se iouoyent , & par quel moyen on en vsoit : à
ceste cause ie vous ay bien en bref icy vou
lu declarer ce que i'en ay peu comprendre par les bons autheurs , & aussi par les
vestiges qui restent auiourd'huy des choses antiques, tant au païs d'Italie, comme
en Prouence, & aultres lieux de la noble
France . Et l'ay fait principalement , à fin
que l'on prenne desormais quelque goust
à l'autheur , qui entre les anciens a esté
tousiours estimé le bien eloquent , & tres
excellent compositeur de Comedies. Faul
te duquel entendre , & la maniere qu'il a-

A ii   uoit

.r le fens,
oit , noftre
.ay eſt tumbé en telle
ignorance & ceci té,que ce qu'il faict pour
le prefent en telles matieres , ne fent riens
moins que fa Comedie . Parquoy m'eſt
auſsi venu en fantafie de traduyre & mettre en noſtre langue vulgaire , la premiere
des Comedies dudit Terence , feulement
en profe , pour plus facilement monſtrer
le ſtile , la maniere de proceder , & le bon
efprit qu'auoit le Comique en la façon
d'icelles . Ie ne l'ay point mife en rithme
pour deux caufes:l'vne pour autant que la
liberté d'vn traducteur , tel que les Grecz
appelloient Paraphraſte (c'eſt a dire, qui
rend le fens,la phrafe,& l'efprit d'vne matiere , fans contrainte du langage) facilement fe pert foubz la fubiection du vers:
l'autre à caufe que vous auez en ce royau-
me grandement des bons rithmeurs , lefquelz facilement apres ceſte premiere tra-
duction , la pourront mettre en meilleure
rithme , que ie ne fçauroye faire . Il me
fuffit d'auoir rendu le principal fens , &
vous enfeigner par le prefent efcript, premierement dont vindrent les Comedies
&

& les differences d'icelles : puis comment elles se iouoyent: & en quelz lieux se proposoient publiquement, tant à Rome, que aultre part : ensemble la façon & les aornementz des theatres & scenes faites pour les ieux Comiques, puis les vestementz des ioueurs auec leur maniere & prononciation. Toutes lesquelles choses pendāt que ie m'efforceray vous declarer, il vous plaise me donner vn bien peu de vostre bonne faueur & attention.& m'excuser si possible aulcun des plus sçauans me desdit en quelque passage: car pour tout certain, la chose est vn peu dificile, & qui pour la pluspart gist en coniecture : parquoy ne se peult aulcunefois faire qu'il n'y ayt quelque vacilation de iugement. Ie commenceray donc par la difference des Comedies, pour vous donner à entendre que c'estoit que les anciens apelloient la Fable, Tragedie, Satyre, Comedie vieille & nouuelle:& ce pour mieulx paruenir au surplus de mon intention

Qu'estoit ce que les anciens apelloient,
Fable, Tragedie, Satyre, Comedie
vieille, & Comedie nouuelle.

A iii   Fable

Able estoit vn nom cõmun & general tant à la Tragedie qu'à la Comedie & Satyre, mesmement encores à toute poësie, ainsi qu'il plaist à d'aucuns : car la fable n'est aultre chose, sinon vne deduction de matiere faite, & inuentée, bien & proprement disposée, soubz le sens de laquelle gist vne reprehension de vice, ou remenstrance de vertu.

La Tragedie estoit vne maniere de fable sumptueuse qui se iouoit par personnages, & se recitoit publiquement aux theatres, par laquelle les anciens reprenoient, non seulement les faultes qui se commettoient es choses priuées & ciuiles mais encores es choses haultaines & ardues, iusques à toucher & taxer les princes. Aux anciennes Tragedies, les ioueurs (deuant que l'vsage des masques fust trouué) se souloiét brouiller le visaige de marc d'huille, que les Grecz apelloient *Trigai*, dont est venu le nom de Tragedie. En icelle se menoient grands bruitz, & en estoit l'argument graue & haultain: le commencement doulx & paisible

auec

auec ioyeuseté : la fin funeste & doulou-
reuse. L'argumét se prenoit le plus sou uét
de quelque histoire:côme d'Hercules fur i
eux (lequel personnage ioua Neró aultres
fois, luy estát Empereur)& de Thyestes,
qui sont deux nós de Tragedies du senateur Senecque, qui fut aussi maistre dudit
Empereur. Les Empereurs qui furét depuis
DOMITIAN,& ses sucesseurs se fascher-
ent de ceste Tragedie:au moyen dequoy,
lon n'en ioua plus à Rome, & demeura
seulement pour les ieux sceniques vne sor
te de Comedie. que les posterieurs ont a-
pellé la Comedie vieille. En laquelle ne
se descriuoient que comme par maniere
de foy hystorique les choses qui auoient
esté commises par les cytoyens & bourgeois de la ville auec la declaration le plus
souuent de leurs noms propres:car les anciens poëtes Comiques n'auoient point
de coustume de faindre du tout leurs ar-
gumentz : mais descriuoient assez apertement les choses qui auoient esté faites,
en nommant ceulx mesmes qui les commettoient qui fut vne maniere de faire
pour quelque temps assez profitable pour
la cité : car par ce moyen chacun mettoit

A iiii   peine

peine à ne faire chofe, parquoy il peuft e-
eftre ioué aux Comedies . Mais depuis
que les poëtes trop licencieux, commen-
cerent à iniurier, pour leur plaifir, plufieurs gens de bien, fut fait vne ordonnance par DOMITIAN, qu'ilz fe teuffent
du tout, & qu'il referuoit la correction
de telles faultes à foy, feuffent des hommes ou des femmes: tellement qu'il abolit
par edict tous libelles & vers diffamatoires, auec le nom des autheurs. Mefmement
toutes perfonnes d'authorité, & notam-
ment du Senat, feuffent princes, ou aultres
tenoit pour infames, s'ilz s'adonnoient à
ieux fceniques & gefticulatoires: de forte
qu'il priua vn Quefteur de fon office ponr
s'en eftre meflé. De mefmes la vieille Comedie, fut aufsi la Satyre, qui eftoit vne
forte de fable & maniere de taxer les
meurs des citoyens, en forme obfcure & a
grefte, fans nommer perfonne aucunemét
& en la Scene de ladite Satyre, n'eftoient
introduys que Faunes & dieux petulantz,
lafcifz, & fauuaiges, que l'on apelloit
aufsi Satyres. En icelle ne fe declaroit ri-
en que par enigmes & circonlocutions,
principallement touchant les haultes &
arducs

ardues matieres . Ceste maniere de fable
fut preiudiciable à beaucoup de poëtes,
à cause du soupçon qu'ilz bailloient aux
riches bourgeois de Rome, par ce que cha
cun d'eulx se doubtoit estre celuy de qui
lon parloit : au moyen dequoy se teurent
les Satyriques , & n'oserent plus iouer.
Ceste maniere estoit plus Grecque que
Latine:car les Latins composoient plus
leurs Saryres par poëmes & libelles que
autrement.

Toutes ces fables mises hors d'vsage,
vint en bruit & estimation la Comedie,
qu'ilz ont apellée nouuelle pour ceste cau
se:car elle ne laissoit pas au parauant de se
iouer, mesmement ne touchoit qu'en general toutes personnes par maniere d'esbat : & ne parloit que d'amours, & n'in-
troduysoit que personnages de basse condition. En iceluy y auoit motz pour rire,
sentences ioyeuses, argument bien dispo-
sé & conduyt , reformations de mœurs
corrompues & lasciues. Parquoy l'eloquent C I C E R O N, voulant definir la Co
medie, dit que c'est vn poëme, ou vne fable remonstrant la maniere & imitation
de viure, miroüer de bónes mœurs, ymage
de

de verité. En ceste Comedie nouuelle se trouuoit quant à l'argument tout le contraire de la Tragedie : c'est asçauoir, fascheries au commencement, & ioye à la fin.

Le nom des Comedies nouuelles, desquelles ont esté compositeurs Latins. PLAVTE, & TERENCE, entre les aultres, se prenoit aulcunesfois du nom d'vn personnage principal de la Comedie, comme Phormion : aulcunesfois d'vn lieu, comme Andrie de l'isle d'Andros : aulcunesfois d'vn fait, comme d'vn Chastré, qui est le nom de la seconde Comedie de Terence : & aulcunesfois d'vn accident, comme les freres, qui est aultre nom de Comedie dudit facteur.

En quelz lieux, premierement
se iouoyent les Tragedies
& Comedies.

Es premieres Tragedies & Comedies anciennes se iouerent aux villages, pres de la ville, sur vn verd pré : & proposoit lon pris aux facteurs ou compositeurs

positeurs d'icelles, à fin d'exciter tousiours de mieulx en mieulx les bôs espritz
des poëtes. Lon faisoit ausi present aux
ioueurs, & leur donnoit on quelque che-
ureau, ou aultre beste, à fin de plus voluntiers mettre peine à moderer leur voix, &
donner recreation au peuple.

Depuis lon trouua moyen de iouer aux
carrefours de ville, qu'ilz apelloient *compi-
ta* : & les ieux qui la se proposoient aux
spectateurs, s'apelloient *Ludi compita-
litij* : telz que fit aulcunesfois AVGV-
STE, donnant plusieurs Scenes par toutes les ruës, & Hystrions de toutes lan-
gues. Et le moyen de proposer lesdites
Comedies ou Tragedies par lesditz carrefours, estoit de faire les eschauffaulx
qu'ilz apelloient Scenes, posez & asis sus
des chariotz, qu'ilz nommoient Plaustres,
& se transportoient au moyen des rouës
facilement deça & delà : parquoy les apelloient Scenes ductiles :

Tant sont venuës en recommendation
du peuple à traict de temps les Comedies
& Tragedies, que lon leur à fait cest honneur de les reduire au nombre des ieux
publiques, lesquelz estoient instituez d'ancienneté

cienneté, ou à l'honneur des Dieux, ou pour donner recreation au peuple. Et se iouoient aux Cirques, Theatres, & Amphitheatres faitz & edifiez, ou par la chose publique, ou par quelque Empereur, ou gros citoyen, pour la commodité & appropriation des spectateurs : Se faisoient aufsi aux communs despens de la ville, auec pris proposé aux fraiz de la chose publique. Et y auoit gens deputez, & offices commodes de la ville, lesquelz n'auoient aultre charge ou vacation, que de soliciter & entendre tant aufditz ieux Sceniques comme aufsi aux aultres ieux publiques dediez à leurs dieux, selon leur religion. Et s'apelloient iceulx officiers Aediles currules.

Des ieux Sceniques en general, & des acteurs & ioueurs d'iceulx.

R est-il ainsi, que les Theatres, ne seruoient qu'aux ieux Sceniques principallement, de la partie desquelz apellée Scene, se nommoyent aufsi Sceni-

Sceniques, entre lesquelz estoit comprin-
se la Tragedie, Satyre, & Comedie, recit
de poëmes, vers lyriques, & choses semblables : & y auoit personnages propres à
iouer lesdites Tragedies, Comedies, & Satyres, lesquelz personnages s'apelloient
Hystrions, Mimes, & Pantomimes. Toutesfois que les Hystrions estoient proprement ceulx qui recitoient les Comedies.
& les Mimes, ceulx qui contrefaisoient
les gestes, parquoy est dit de NERON,
qu'il produit vne fois en la Scene plusieurs femmes desguisées pour iouer comme les Mimes. Iceulx estoient les plus ex-
cellentz de tous les ioueurs : & aux Tragedies & Comedies, auoient l'industrie
de contrefaire toutes personnes, auec masques & vestementz propres aux personnages qu'ilz contrefaisoient: de sorte qu'il
est memoire de Neron Empereur susdit,
qu'il fit faire masques au propre pour iouer des demys dieux, & déesses aux Tragedies, lesquelz masques estoient faitz à la
semblance de son visaige, & de la dame
qu'il aymoit le mieulx. Ledit NERON
encore recita au Theatre, sur la Scene,
aulcuns vers qu'il auoit composez, auec
si grand

fi grand' ioye d'vn chacun, que à caufe de
tel recit, le Senat luy ordonna eftre faite
fuplication publique en fon nom : & fut
vne partie defditz vers efcripte en lettre
d'or,& dediée à Iupiter du Capitole. Il eft
aufsi memoire qu'il chanta des Tragedies luy eftant emmafqué:comme l'Hercules furieux que compofa fon maiftre S E
N B Q V E, & Oreftes meurdrier de fa mere, Oedipus aueugle, & aultres femblables . Pendant qu'il chantoit lefquelles
chofes n'eftoit loyfible au peuple foy partir du Theatre, fuft pour aucun empef-
chement neceffaire ou aultrement,en forte que (recite Suetone) plufieurs femmes
groffes enfanterent au Theatre pendant
qu'il chantoit: & beaucoup de perfonnages ennuyez de l'efcouter , & de le louer,
fe faifoient porter dehors,faignantz d'e-
ftre efuanouiz. Ledit N E R O N obferuoit
fi bien les loix des ioueurs & Hyftrions
Sceniques que iamais ne crachoit en iouant, ou chantant : & torchoit la fueur de
fon fronc auec le bras fans aultre mouf-
choir . Vne fois entre les aultres le bafton
qu'il tenoit pour gefte luy cheut de la
main, dõt il fut fi fafché craignãt d'auoir
perdu

perdu le pris, & que le monde ou les iuges
l'euſſent aperceu (car il y auoit combat à
qui chanteroit le mieulx) que ſi ce n'euſt
eſté l'hypocrite(qui eſtoit celuy qui mon
ſtroit aux ioueurs, la maniere de faire les
geſtes) qui le conforma, il doubtoit d'e-
ſtre ſifflé du peuple & chaſſé hors de la
Scene. Pluſieurs foys raportoit pris de la
Scene ſelon qu'il auoit bien ioué:leſquelz
pris,tant de couronnes que d'aultres choſes, il faiſoit pendre pres de ſon liƈt, à ſa
chambre ſecrette, & au lieu ou il benuoit
& mangoit priuément : fit auſsi fraper de
la monnoye,en laquelle il eſtoit pourtrait
tenant vn ſeptre en ſa main,& en habit de
ioueur Scenique.

En telz ieux,y auoit debat entre les ioueurs bien ſouuent, tellement que ceulx
d'entre eulx qui ſe nommoient *Pantomimi* (c'eſtoient ceulx qui auoient la grace
de contrefaire toutes perſonnes, & toutes
voix) ſouuent ſe battoient ſur la Scene:
Au combat deſquelz ſe trouua Neron vne
foys, & comme leur capitaine, eſtant au
hault du Proſcene iettoit force pierres, &
pieces des ſieges ſur le peuple pour ſon
plaiſir, de ſorte qu'il bleça le Preteur par
la

la teste. Luy mefmes apres fit ordonnance
que lefditz *Pantomimi* debatroient à qui
mieulx gaigneroit, que Domitian ofta du
tout, & fit deffences que les Hyftrions, ne
Pantomimes fe trouuaffent plus fur la Sce
ne: mais iouaffent en priué.

Lefditz *Pantomimi*, en iouant & reci-
tant, chantoient & d'anfoient: parquoy y
auoit premierement quelque muficien,
qui faifoit les mefures du chant & de la
danfe, deuant que la Comedie fuft iouée:
& y auoit meneftriers qui conduyfoient
ledit chant au fon de la fleufte . Et croy
qu'vn *Pantomimus* feul iouoit vne grande part d'vne Tragedie ou Comedie, en
changeant fouuent de mafque, d'habit, &
de voix, ainfi que font auiourd'huy en
ITALIE, ceulx que lon apelle Boufons:
car il eft dit en la vie de Caligula, qu'vn
Pontomime, nommé Marcus Neftor, fau-
ta la Tragedie, laquelle aultresfois auoit
fauté vn aultre, nommé Neoptolemus aufsi
Pantomime Grec, aux ieux aufquelz Phi-
lipe roy des Macedoniens fut tué. Ie penfe que le fauter ou dancer d'vne Tragedie
ou cantique, eftoit comme auiourd'huy
l'on dit, la danfe d'vne chanfon: car Ci-
ceron

ceron dit, qu'à la premiere voix, ou pre-
mien son que l'on oyoit des haultz boys,
le peuple iugeoit bien quelle Comedie on
deuoit iouer. D'auantage il est dit que Ca
ligula vne foys se leua de son lict, & sit
apeller trois ou quatre Senateurs, auec lesquelz monta sur le pulpite de la Scene, &
feit sonner vn cantique à force d'instru-
mentz & bruit de sieges: puis apres qu'ilz
eurent danse, se retira. Le Tragicien prononçoit en forme de chant, & l'Histrion
faisoit le geste & la maniere (dit quelqu'vn) ce qui se conforme, par ce qu'il est
dit à la vie du mesmes Caligula, que quãd
il estoit aux ieux Sceniques il ne se pouuoit tenir qu'il ne châtast quãt & le Tra-
gician, à mesmes qu'il prononçoit, & que
publiquement il ne contrefist le geste de
l'Histrion comme louant ou vituperant
iceluy.

Ces Histrions & Pantomimes auoient
grande liberté, à cause de ce qu'ilz se voy-
ent estre bien recueilliz au parauant que
DOMITIAN les chassast: & pour ceste
cause engendroient noyse & debatz tant
par le peuple, comme sur la Scene. Ilz gai-
gnoient gros pris, & leur faisoit on gros
B present-

prefentz . Vefpafian donna à vn Tragici-
en quatre centz fefterces : & aultres deux
centz à deux meneftriers:à d'aultres com-
munement quarante fefterces , oultre les
couronnes d'or, & aultres prefentz. Telle
liberté auoit au parauant efté reftrainte
par A V G V S T E:tellement qu'il fit donner du fouet,par trois Theatres,à vn nom
mé Eftienne togataire,pour ce qu'il auoit
produit en la Scene vne dame ayant les
cheueulx rongnez, & en habit de garfon.
Vn aultre Pantomime nommé Hyla,pour
ce qu'il fe fit celer du preteur des ieux qui
l'aloit querir,fut aufsi puny par ledit A V-
G V S T E . Vn aultre nommé Pylades,
pour ce qu'il auoit monftré au doigt vn
des fpectateurs qui le fiffloit fut banny de
toute L'ITALIE.

Il y auoit d'aultres ioueurs, qui fe nommoient Ludij : mais ceulx là recitoient
motz pour rire, & fe trouuoient principallement aux bancquetz des feigneurs
par paffe temps. Aultres s'apelloient Ar-
talogi, lefquelz difoient aufsi motz ioy-
eux:mais graues, & de bonne portée,fans
mecquerie : iceulx apelloit fouuent A V-
G V S T E à fes repas pour recreation. Aultres

tres s'apelloient Fabulateurs, que nous
pouons nommer faiseurs de comptes, ou
conteurs de fables:lesquelz aussi A V G V-
s T B faisoit apeller,toutesfois qu'il auoit
perdu le sommeil du matin , & qu'il vouloit prendre repos sus iour , ou bien au
soir à son coucher : & au recit de ceulx là,
ou de quelqu'vn qui luy lisoit quelque
hystoire ou fable, s'endormoit facilemét.

Les aornementz & vestementz des ioueurs Sceniques.

Es Hystrions & ioueurs (cõ-
me i'ay dit)estoientmasquez
& pouuoient soubz leur mas
ques parler,&reciter,ou châ-
ter sans fascherie . Les vieil-
lardz estoient vestuz de blanc,pour ce que
lon tenoit , que ce fut la premiere & plus
antique couleur . Les ieunes filz estoient
vestus de diuerses couleurs & de liurées.
Les scruiteurs estoient legerement & min
cement accoustrez , pour demonstrer la
pauureté ancienne, ou bien à fin qu'ilz
iouassent plus habilement. Les flateurs e-
stoient vestus d'vn manteau,lequel ilz ré-

B ii   uersoient

uerſoi ent ſus l'eſpaule, & portoient en eſ-
ch arpe. Vn cheualier eſtoit veſtu d'vn mã
teau ou cappe d'eſcarlate. Vne ieune fille
eſtoit abillée ſelon la mode du païs, dont
la Comedie diſoit qu'elle fuſt c'eſt à ſçauoir ou de Grece, ou d'aultre part.

Le macquereau ou ruſien, eſtoit veſtu d'vn
manteau de diuerſes couleurs , & flory à
l'entour, que les anciens apelloient *Ami-
culum floridum*. tenoit auſsi pour aornement en ſa main vne verge que les Grecz
apelloient *Areſcos*.

Les dames de ioye auoiét des fayes iau-
nes, & bien longues: ſi c'eſtoit en ieux fu-
neraux, les dames portoient fayes noyres.
Et s'il eſtoit queſtion de changer d'abit
durant la Comedie, ſelon les affections,
à vn aymant ioyeulx, on donnoit vn abit
blãc, à vn faſché vn abit chãgeant ou bien
brun, à vn riche vn abit rouge, à vn pauure
vn abit pers & violet.

Les ioueurs tragiques eſtoient plus ſum-
ptueuſement accouſtrez, à cauſe que l'argument eſtoit plus graue, & hautain, & ne
parloit que de princes, dieux, & déeſſes.

Les ioueurs Sceniqnes portoiét vne ma
niere de ſouliers haultz qu'iiz apelloiét
Socci,

Socci, telz que peuuent estre des bottes. Les ioueurs de Tragedies, portoient des petitz brodequins bien faitz, & sumptueulx, qu'ilz apelloient *Cothurni*, & en ces deux choses principalement estoient cognuz lesditz ioueurs.

Si la Comedie estoit Latine, & d'argument latin, les ioueurs portoient vn manteau de cheualier Romain, qu'ilz apelloient *Paludamentum* : duquel nom estoit apellée la Comedie *Paludata* : ou bien selon l'argument portoient les vestementz longs, comme ceulx des Senateurs, qu'ilz apelloient *Toga*, & s'apelloit *Togata* pour ceste cause, & ainsi des aultres. Et si l'argument estoit Grec, ilz vsoient d'vn manteau à la Grecque, que lon nommoit *Palium* : parquoy estoit aussi la Comedie nommée *Paliata*.

Que signifient les Actes & les Scenes en la Comedie.

Outes Comedies antiques, estoient diuisées en cinq ou six actes, & le plus communement en cinq Chascun desditz actes côtenoit sens par-
faict

faict (dont en est descendu le nom) parquoy à la fin d'iceulx, pour recréer les as-
sistans , se faisoient plusieurs esbatementz
sur la Scene , par maniere d'interualle, &
pour relascher les espritz des auditeurs:
puis rentroient aux aultres actes , & ainsi
poursuyuoient leur Comedie . Quant
deux personnages ou trois auoient deuisé
& tenu propos ensemble, & que l'vn se retiroit,ou qu'il en venoit vn aultre en nou
ueau propos,ilz apelloient celà vne Scene,
c'est a dire commutation ou variation de
propos: de sorte que chacun acte, selon la
variation des personnages,& deuiz qu'ilz
tenoient,estoit aussi diuisé en cinq ou six
Scenes,pour le moins. Et par ce moyen ia
mais ne demeuroit l'eschauffault vuyde,
& n'y auoit personnage sur le pulpite,qui
n'y fust necessaire,ou pour parler,ou pour
escouter les aultres à quelque intention:
qui est vne des choses ou plus nous fail-
lons, & que plus ie trouue inepte en noz
ieux & fainctes Comedies.Somme l'acte
comprent sens parfait:la Scene, propos
parfait. L'vn fut inuenté, pour ne detenir
trop longuemét les auditeurs en vne mesme chose, & pour recréer les espritz par
inter-

interualles : l'aultre pour excuser (ce qui
est de faulte en noz ieux) quand vn person
nage faint d'aller parler à l'aultre, ou qu'il
se retire en quelque part pour ses affaires,
qui n'est ia mestier de representer au peuple: puis à l'aultre Scene ensuyuant, retourne exprimer ce qu'il a fait, autant que si le
peuple l'auoit veu en presence.

Description du Theatre & de la façon d'iceluy.

E bastiment (fust de boys ou
de pierre) sur lequel les spectateurs des ieux Sceniques
estoient commodemēt assis,
s'apelloit Theatre : & estoit
fait à demy rond, auec trois ordres de ga-
leries, au hault , pour retirer les auditeurs
en temps de pluye, au bas desquelles il y
auoit vn eschauffault en pente, pour le
moins hault esleué de quinze grands degrez , selon le long d'iceluy estenduz , sur
lesquelz estoit le peuple assis, chacun pour
sa dignité à sçauoir aux degrez plus pres
de la Scene & au lieu ou les plus anciens
souloient faire leur orchestre (qui estoit

lieu dedié aux faulteurs & danceurs) e-
ftoient afsis les Senateurs, pour plus facilement veoir les geftes, & mouuementz
des piedz des ioueurs . Vn peu plus hault
eftoient afsis les aultres oficiers du Senat,
& ainfi iufques au refte des degrez, chacun felon fa qualité, comme plus amplement defcrirons cy apres . Entre chafque
trois degrez, y en auoit vn plus large deux
fois que les aultres, & s'apelloit cefte largeur la Precinction, dans laquelle y auoit
petites huyfferies, par lefquelles des degrez de deffoubz on entroit fus le Theatre, puis difcouroit on par tout chacun à
fon lieu: encores y auoit, felon la longitu-
de entre chafque cinq degrez vne efpace
large à menuz degrez, pour fe tranfporter
de la Precinction à tel grand degré que
lon vouloit: & telle efpace, depuis la Precinction iufques aufditz petitz degrez
flaifoit vne feparation, que l'on nommoit
Cuneus . Par le moyen de ces precincti-
ons, les feruiteurs, fans fafcherie du peuple, pouoient facilement venir cercher
leurs maiftres eftantz aux ieux, & parler à
eulx fans rien deftourber ne fafcher, qui
eftoit fort grande commodité . Et pour
autant

autant que la pente estoit grande, & non
pas trop droicte, à fin que l'eau de la pluye
ne fust retenuë (ou aussi pour les vrines, à
vn besoing) y auoit certains petitz ca-
uaulx engrauez dans les degrez des Pre-
cinctions & allées trauerses, par lesquelz
l'eau s'escouloit sans nuire à personne : ce
que tresbien descript Sebastian Serlio, en
ses protraictz d'Architecture antique.

Description de la Scene.

AV deuant du Theatre estoit
esleué vn eschauffault de la
haulteur de cinq piedz ou enuiron, & la longueur du dernier & inferieur degré du
Theatre : & s'apelloit cest eschauffault, le
pulpite, lequel aulcunesfois estoit de boys
(combien que la Scene fust de pierre) &
se pouoit oster quand on vouloit. Depuis
cest eschauffault, à la haulteur de deur petitz degrez, estoient situées plusieurs colomnes soubstenátes comme quelque forme d'edifice, percé de force de fenestra-
ges, auec parementz fort honestes de pain-
tures diuerses, & aultres cas : peu au derriere

riere defquelles colomnes, comme dans
vne galerie, fe veoyent certaines portes &
entrées de diuerfes maifons, defquelles
failloient les ioueurs, & aufquelles fe re-
tiroient felon ce qu'il apartenoit : & d'i-
celles fortantz, venoiét iouer fur l'efchaf-
fault. Et eftoient ces portes fermées, & ne
s'ouuroient finon quand vn ioueur entroit leans, puis foudain fe refermoient.
Vers le meilleu de la Scene, y auoit vne
grande porte ouuerte, faite en forme d'entrée de ville, en laquelle entroientt les iou
eurs quand ilz fignifioient vouloir aller,
ou à la ville, ou au marché, ou aux champs
ou ailleurs que à leur logis : & de laquelle
porte aufsi retournoient, ou de la ville, ou
de quelque autre lieu. Par les feneftres fuf-
dites au deffus des columnes, l'on veoit
quelquesfois les perfonnages parler, comme quãd lon bucquoit à la porte de quelqu'vn, & celuy qui eft leans refpondoit
par la feneftre. Aulcunesfois on veoit des
iongleurs, bouffons, gefticulateurs, & aultres telz, fe mettre par internalles aufdites
feneftres, & dire motz à plaifir, ou bien
chanter, & faire diuerfes geftes. Au deffus
de l'eftaige fus vn perron, eftoient les mu-
ficiens

ſiciens, qui par les interualles des actes, deleƈtoient le peuple, comme diſt eſt. Des deux coſtez de ladite Scene, depuis l'alignement droit des colomnes, pourſuyuoit en auant vers le Theatre, & ſailloit l'edifice de ladiƈte Scene, comme rencontrant aux deux courbes & extremitez du Theatre, toutesfois en quarré, non pas en rond, mais bien à lequipolent d'iceluy. Et ceſte adition deſditz deux coſtez, s'apelloit le Proſcene: lequel eſtoit fait du meſme artifice & architeƈture, que la galerie frontale. De colomne en colomne (hors miſes celles qui eſtoient pres de la grande porte, nommée Regia, & auſsi celles qui eſtoient au droit des maiſonnettes, deſquelles ſailloient les ioueurs) y auoit à la haulteur de trois piedz, ou enuiron, vn appuy de maſſonnerie fait à cleres veuës, pour y mettre quelques perſonnes priuées, ou feuſſent ſeigneurs eſtrangers, ou aultres princes, auſquelz on faiſoit ceſt honneur, de regarder la Scene: & continuoient ceſditz appuys iuſques aux deux coſtez, & Proſcenes (en comprenant toutesfois icculx) & s'apelloit celà, *Po lium* : auquel lieu NERON le plus ſouuent ſe ſouloit

mettre,

mettre, pour regarder les ieux : aulcunesfois en fecret que lon ne le veoit point
aulcunesfois appuyé fur ledit *Podium* pour
eftre plus à fon ayfe : comme plus amplement declarerons cy apres.

Les aornementz des
Theatres.

A Vx Theatres, les anciens
Grecz aplicquoient des vaif
feaux de fonte bié refonantz
pofez dans des pertuys, propres tant aux paroiz d'en-
hault, comme aux interualles des degrez,
dans lefquelz vaiffeaux la voix des ioueurs fe formoit fi bien qu'elle en eftoit
plus intelligible, & gratieufe . Les Romains n'ont gueres vfé de celà, aumoins
que i'en aye leu . Lon efpandoit (dit Pline) de la fleur de faffrã baftard par le Theatre, pluftoft pour aornement, & plaifir
des yeulx que pour bonne odeur. e
Au deffus du Theatre & Cirqu, ou Am
phitheatre, eftoient des voelles eftanduës
pour garder les Spectateurs de l'ardeur du
foleil, & eftoienticelles voyles eftanduës
fus

sus des cordes, attachées à des grandes so_
liues debout, enclauées dans l'edifice à la
maniere que demonstre l'Architecteur
Sebastian Serlio au portraict de l'Amphitheatre de Rome, & à celuy de Pole. N E-
R O N fit poindre d'azur les voelles du
Theatre, & au dessus semer des estoilles
d'or pour beauté, comme d'vn ciel. Caligula, à la grand' ardeur du soleil, fit pour
son plaisir abaisser & oster lesditz voyles,
à fin de nuyre au peuple, & defendoit que
nul fust si hardy de partir du lieu.

Lon faisoit au bas dudit Theatre, vn
lieu qu'ilz apelloient Tribunal pour les
preteurs & curateurs du ieu, aussi pour
les iuges.

En l'orchestre l'on tapissoit les sieges, &
y mettoit on des aornementz pour les Senateurs, & pour le Prince, s'il plaisoit e-
stre en ce lieu.

Les aornementz de la Scene.

A Scene estoit bien painate
& parée, & y mettoit on des
statues entre les colomnes:
s'il n'y auoit point de pulpite en ladite Scene on y en
mettoit

mettoit vn de bois. Semblablement au
cofté droit on y mettoit l'ymage de Bacchus , & à l'a ltre l'ymage du Dieu en
l'hon neur de qui les ieux fe faifoient.

Si la Scene eftoit pour iouer Satyre, on
l'acouftroit d'arbres, de cauernes, de mon-
taignes & chofes agreftes , faites en ou-
uraige de iardinerie bien iolyment &
mygnonnement,

La Scene comique, les edifices (defquelz
failloiét les ioueurs,) eftoient faitz en vil-
lage , à petites maifonnettes , ou bien ba-
ftimentz communs , auec feneftrages à la
mode commune: car felon l'argument on
faifoit l'aornement de la Scene : & aux
coftez defdites maifons y auoit des yffuës
faites comme petites ruës ou allées vuy-
des fans huyfferie, comme ruelles ; à l'vne
defquelles alloient les ioueurs , quand ilz
fe vouloient retirer au marché: de l'aultre
ilz retournoient , quand ilz venoient de
la ville ou d'aultre lieu que de leur logis.
Au meilleu y auoit vn grand portail di-
uifé en deux, pour aornement & à plaifir.

Si la Scene eftoit pour vne Tragedie,
lon faifoit plufgrand apareil & acouftre-
ment qu'a la Comique ou Satyrique. Et y
auoit

auoit colomnes fumptueufes, richement
acouftrées & aornées, auec maifons faites
en forme de chafteaux, & villes, force me-
dales, ftatuës & acouftrementz royaulx.
La porte du milieu, qu'ilz nommoiét *Re-*
gia, eftoit comme vn arc triumphal, de laquelle fortoient gens à cheual & grande
compagnie de perfonnes Aux coftez dudit arc, eftoient les lieux ditz *Hoſpitalia,*
à fçauoir les maifons. Aux coings, vers les
lieux de la Scene qui demeuroient pour
aornement, eftoient deux machines, comme tous Triangulaires, dans lefquelles fe
faifoient les faintes: comme quand il failloit quelque pluye, ou tonnoirre, ou quelque aduenement des dieux, & telles chofes. Cefdites tours changeoient, muoient,
& tournoient face, à mefmes que les Scenes fe changeoient & varioient,

Comme eſtoit aſſis le peupleau Theatre
ou Amphitheatre, ſelon
ſes degrez.

Pour

Pour euiter confufion (com-me i'ay dit) il fut ordonné par areft du Senat, que chaf-cun auroit fon lieu pour fe affeoir au Theatre, Amphi-theatre, ou lieu publicque de fpectacle. Et perfonnages créez & decernez, pour gar-der que nul s'afsift à la place d'vn aultre, & quand vn Senateur ou Cheualier vien-droit, fuft conduit par aulcuns, (ainfi que font les bedeaux aux actes publiques en l'vniuerfité de P A R I S) iufques en fon lieu.

Le premier ordre en l'Orcheftre, & pres d'icelle, eftoit pour le Prince & les Sena-teurs, toutesfois que le Prince fe mettoit ou il luy plaifoit:car A V G V S T E regar-doit aulcunesfois des Cenacles de fes a-mys, quand c'eftoit au Cirque : & N E-R O N fe mettoit le plus fouuent au P E R-R O N, & appuy de la Scene entre les co-lomnes (comme dict eft) apelle *Podium*, & eftoit courbe ou à fon feant, fur vn lict bas, regardant par certains trailliz qui e-ftoient au deuant de luy : car il prenoit plaifir luy mefmes(comme dict eft)à iou er aulcunesfois : & quand il luy venoit en fantafie fantasie ouuroit tout le Perron, & se laissoit veoir. Doncques, le premier ordre des degrez fut institué pour les Senateurs & l'Empereur, dont est dit en la vie de TIBERIVS Cesar que lon mist des libelles diffamatoires au premier degré de l'Orchestre, à fin qu'il les aperceust plus facilement quand il reuiendroit s'asseoir en ce degré : & fut en ce temps deffendu que nul des ambassadeurs d'estrange païs s'y vint asseoir, toutesfois que CLAVDE Cesar laissa les ambassadeurs d'Alemaigne s'y asseoir : mais ce fut pour ce que quand ilz arriuerent au Theatre, le bedeau par ignorance les auoit mis entre le peuple, & aux sieges populaires : mais voyans que les ambassadeurs des Partiens, & Armeniens estoient assis entre les Senateurs, ilz descendirent de leur place & s'y assirent comme les aultres, disant qu'ilz n'estoient de riens moindres n'inferieurs aux aultres, ce que permist facilement ledit Cesar, pour leur simplicité & boñne foy. Les cheualiers Romains auoient vn coing à part eulx au Theatre, par ordonnance : & apelloient le coing, vne partie des degrez dudit Theatre ou Amphitheatre.

C.

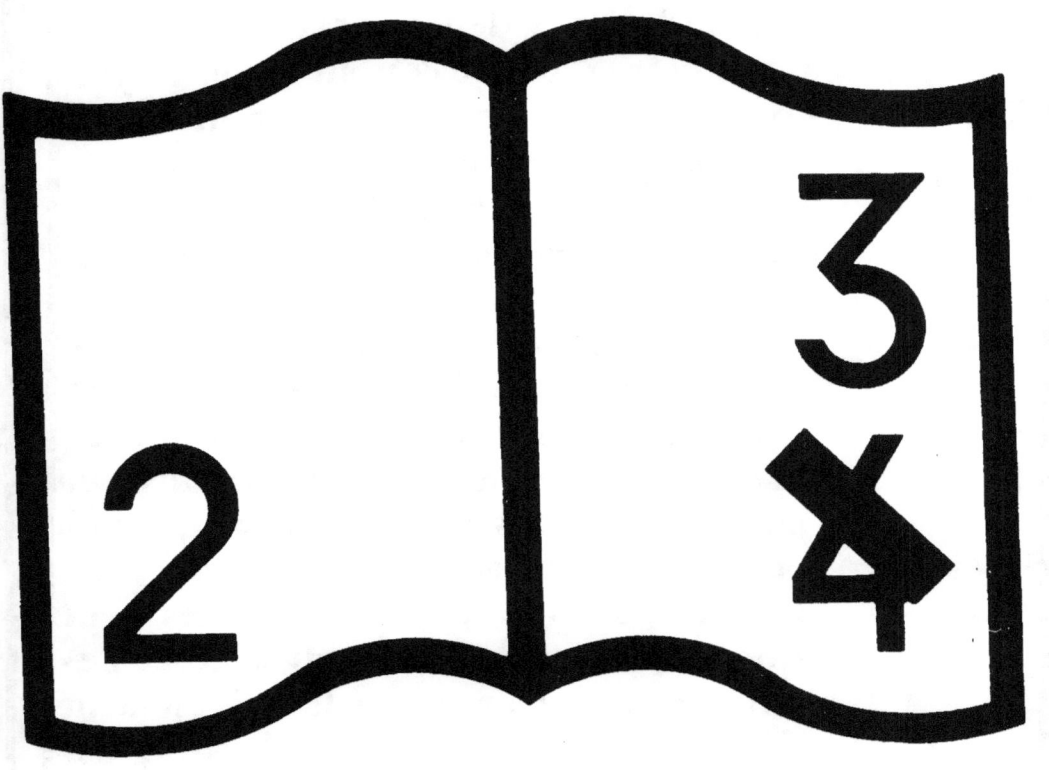

Pagination incorrecte — date incorrecte

NF Z 43-120-12

tre, diuiſée par allées de coſté & d'aultre
comme dit eſt cy deſſus : vray eſt que CA-
LIGVLA faſché & pour ſemer noyſe
pour ſon plaiſir entre le commun & les
gentilz hommes, ou cheualiers, bailla &
diſtribua les diſmes pluſtoſt qu'il n'eſtoit
de raiſon, & par ce moyen, ſema diſcord
entre le peuple, & l'ordre de cheualerie : à
cauſe dequoy le peuple iuſque aux infi-
mes, ſe aſſeoit aux degrez des cheualiers:
mais celà fut contre l'ordonnance du Senat. Le commun peuple auoit auſſi vn
coing à part. Les hommes du peuple qui
eſtoient mariez auoient vn ordre à part:
les Pretextes (c'eſt adire les ieunes gens
qui commençoient auoir dignité au Senat) auoient leur coing ſemblablement
ſeparé, aupres duquel eſtoit le coing des
pedagogues, & maiſtres d'eſcoles: & eſtoit
l'ordonnance, que nul portant le dueil
s'afſiſt au meilleu des degrez. Les coingz
pour les femmes eſtoient au hault du The
atre : auſquelles n'eſtoit parmis de regarder les gladiateurs. Les vierges veſtables
ſeules auoient vn lieu à part au Theatre
ſeparé des aultres, & eſtoient aupres du
tribunal du Preteur: auſquelles n'eſtoit li-
cite

cite veoir les Athletes ou combatz & ioustes, iaçoit que ɴ ᴂ ʀ ᴏ ɴ puis apres leur
euſt permis.

Ces choſes premiſes & ente ndu ës (le-
&eur) me ſemble maintenant bien facile
l'intelligence, non ſeulement de la Come
die qui s'enſuyt, mais encores des aultres
que (Dieu aydant) auòns eſpoir vous tra-
duire par bon loyſir.　　　　　Les

Ç ii

LES PERSONNA-
GES DE LA PRESENTE
COMEDIE ET L'INTER-
pretation des noms
d'iceulx.

ıмо vieillart, ainſi nom-
mé, à cauſe que les camus
ſont voluntiers colleres.

PAMPHILVS ieune filz,
ainſi dit, pource qu'il ſe trou
ue fidele en amour.

DAVVS ſeruiteur, retient le nom de
ſon païs.

DROMO ſeruiteur, ainſi nommé pource qu'il couroit bien.

SOSIA ſeruiteur mis en liberté, ainſi
dit, pource qu'il auoit eſté ſaulué en guerre.

CARINVS Ieune filz apellé, à cauſe
de la beneuolence de ſon entendement.

BIRRIA Seruiteur, retient le nom de
ſon païs.

CRITO Eſtranger, ainſi dit, pource
qu'il oſte le different.

TREMES Vieillart, ainſi nommé,
pource

pource que les vieillartz ont de couſtume
de purger leur eſtomach à force de touſſer.
GLYCERIVM ieune garſe, nommée
à cauſe de volupté.
MYSIS Chambriere, à cauſe du païs.
LESBIA Sage femme à cauſe du païs.

ARGVMENT ET

SVIECT DE LA CO-
medie.

PAMPHILVS acolle vne fil-
le nõmée GLYCERIVM,
ſœur que l'on cuydoit eſtre
de CHRYSIS ieune gar-
ſe natifue de l'iſle d'Andros
Et apres qu'il l'eut engroſſie , luy promet
foy de mariage. Combien que SIMO,
pere dudit Pãphilus , l'euſt ia accordé a-
uec vne autre, qui eſtoit fille de Chremes.
Tantoſt apres que ledit Simo ſe fut douté de la folye, fainct tout ſoudain vouloir
faire les nopces de ſon filz auec celle qu'il
luy auoit au parauant promiſe , deſirant
par ce moyen cognoiſtre, & entendre le
vouloir d'iceluy Pamphilus, conſeillé par

                              C iii   VII

vn sien cauteleux seruiteur, nommé Dauus, ne se môstre refusant à son pere Chremes . Sur ces en tre faites, auerty que Pamphilus auoit desia eu vn enfant de Glycerium, ne se veult consentir au mariage,
& refuse Pamphilus à gendre. Incontinết
sans s'en doubter, ledit Chremes: trouue
par recognoissance & raport de Crito,
marchant de l'isle susdite, que Glycerium
estoit sa vraye fille à ceste cause, il l'a baillée en mariage à Phamphilus , & son autre fille, qu'il apelloit Philumena, l'a ma-
riée à vn nommé Carinus, qui premier en
auoit esté amoureux.   Ceste

Ceste Comedie fut recitée aux ieux
apellez Megalenses, du temps que
Marcus Fuluius, & Marcus Glabrio,
estoient Ediles curules. Les ioueurs
furent Lucius Ambinius Turpio,
& L. Attilius Præuestinus. Les mesures estoient faites par Flaccus, filz
de Claudius à fleustes pareilles, dex-
tres & senestres. La Comedie est toute Grecque: & fut composée du téps
que Marcus Marcelius, & Cneus
Sulpitius estoient consulz.

C iiii   PRO-

PROLOGVE.

Vand noſtre faĉteur s'adonna premierement à compoſer
il ne penſoit auoir aultre cho
ſe à faire, que de s'eſtudier à
ce que les Comedies qu'il cõ
poſeroit d'icy en a-
uant fuſſent agrea-
bles au peuple. Tou-
teſfois i laperçoit à preſent, le cas eſtre a-
uenu aucontraire de ſa penſée: car il voit
qu'il perd ſa peine à eſcrire des prologues
non pas pour vous reciter l'argument de
ſes Comedies: mais pluſtoſt pour reſpondre aux iniures d'vn faĉteur ancien. Mais
ie

ie vous suplie escoutez quel blasme luy
donnent ses supostz . Menander com-
posa premierement en Grec l'Andrie qui
pareillement est la Perinthie: qui aura bié
ouy parler de l'vne ou de l'autre, les con-
gnoistra facilement toutes deux . Or quãt
au sens & à la matiere d'icelles, on ne les
trouuera gueres differentes : mais quant à
la composition & au langage, pour certain, vous verrez qu'il y a grande dissimi-
litude, Vray est, que nostre facteur & poëte confesse tresbien auoir prins & traduit
de la Perinthie de Menander & mis en só
Andrie ce que bon luy a semblé & en a-
uoir vsé comme du sien. Ceulx cy le vitu-
perent & blasment en celà, disans qu'il
n'est point honeste d'ainsi corrompre les
Comedies des aultres. Ie vous asseure que
ilz monstrent bien, en cuydant entendre
l'affaire, qu'ilz n'y cognoissent riens du
tout: car en l'acusant de ce cas, ilz acusent
aussi Næuius, Plautus, & Grunius, lesquelz nostre poëte il a tousiours eu pour
aucteurs, & desquelz il aymeroit mieulx
ensuyure la negligence, que l'obscure diligence des autres. Parquoy ie suis d'auis
qu'ilz se taisent, & cessent desormais leur
                                    mesdire

mefdire, s'ilz ne veulent que au cas pareil
leurs faultes foient defcouuertes. Ie vous
fuplie meffeigneurs, nous donner quelque peu de yoftre faueur & audience : ne
vous ennuyez point, prenez bon courage
& entendez à noftre cas : à fin que vous
puifsiez cognoiftre parfaictement, quel
efpoir vous deurez auoir aufurplus des
aultres Comedies, que nous vous ferons
veoir par cy apres.   A C T E

ACTE PREMIER.

Scene premiere.

Simo vieillart.   *Sosia seruiteur.*

s ı. Sa ho, portez celà leans, & que l'on
se retire, vien ça Sosia, i'ay à te dire vn
mot.

s o. Autant que si vous l'auiez desia
dit, Sire, n'est ce pas que tout soit bien a-
pareillé?

s ı. Non c'est autre chose.

s o. Qui a il d'auantage en quoy ie
vous puisse faire seruice?

s ı.

5 1. Il ne m'est ia befoing de ton feruice en laffaire que ie depefche à prefent,
mais pluftoft de ce dont ie t'ay toufiours
aperceu eftre tresbien garny, c'eft àfçauoir
de foy & fecret.

5 0. I'attens chofe qu'il vous plaife.

5 1. Tu fcez combien m'a toufiours efté
agreable ton feruice depuis le temps que
ie t'achetay bien petit, & comment pour
cefte caufe ie t'ay donné ceans la liberté
en t'oftant hors de feruitude, pour autant
que tu m'auois feruy liberalement & de
bon cueur, dont ie t'en ay remuneré le
mieulx qu'il m'a efté poffible.

5 0. Il m'en fouuient tresbien.

5 1. Auffi ne m'en repens ie pas, dieu
mercy.

5 0. Sire, fi ie vous ay fait, ou faiz encores, chofe qui vous vienne à gré, ne pen-
fez point que ie n'en foye fort ioyeux : &
vous remercie bien grandemét de ce qu'il
vous à pleu auoir eu toufiours mon feruice pour bon & agreable. Mais ce qui m'en-
nuye pour le prefent, c'eft, qu'il femble à
voftre parler & ramenteuoir du bien que
vous dites m'auoir fait aultresfois, que ce
foit comme vne maniere de reproche de
mon

mon ingratitude enuers vous. Que ne me
dites vous donc en vn mot, ce qu'il vous
plaift que ie face, fans tant de parolles?

s 1. Ie le feray, premierement ie te veulx
auertir touchant ceft affaire, que les noces que tu penfes eftre vrayes, ne le font
point.

s o. Pourquoy dōc les diffimulez vous
Sire?

s 1. Tu orras tout depuis le commencement , & parce moyen tu entendras,
quelle eft la vie de mon filz, & quel eft mō
confeil touchant fon affaire, & aufsi ce
que ie veulx que tu faces en ce cas. Vne
fois tu fcez bien Sofia , que depuis qu'il
fut failly hors d'enfence, ie luy donnay
vn peu plus graud abandon de viure à fon
plaifir: car au parauant, qu'euft on peu cognoiftre à fa nature, quand l'aage, la crainte , le maiftre , ne le permettoient aulcunement?

s o. Vous dites vray de celà.

s 1. A ce que la plufpart des ieunes gens
ont de couftume s'adonner , quand ilz a-
pliquent leur efprit à quelques honeftes
exercitations, comme à traiter & dreffez
les cheuaulx à la chaffe, nourrir & duire
                                        les

les chiens au gibbier, ou bien fuyure les
leçons & enfeignemens des philofophes,
à toutes ces chofes iamais mon filz ne s'y
adonna oultre mefure, & ne s'y mettoit
que moyennement, dont i'en eftoys fort
ioyeux.

s o. Non fans caufe : car ie penfe qu'il
n'y a riens plus vtile en cefte vie, que de
n'en faire point trop, & ne point paffer
mefure.

s i. Voicy comment il a vefcu iufques
à prefent. Il a toufiours honeftement fu-
porté ceulx auec lefquelz il s'eft trouué,
en endurant d'eulx bien paifiblement, s'a-
commodant à toutes bonnes compagnies
obeiffant aux complexions d'vn chacun
iamais n'eftriuoit, iamais ne vouloit e-
ftre le maiftre, de forte que maintenant en
cores, dieu mercy, il en acquiert bonne
louange, & beaucoup de grands amys.

s o. C'eft fagement vefcu à luy : car
pour le iourd'huy croyez que par plaifir
faire on acquiert beaucoup de bons amys
auffi au contraire par vouloir dire la verité, & ne fçauoir flefchir aux complexions d'aultruy, fouuent on en acquiert
grand' hayne.

§ 1. Sur ces entrefaites, & depuis trois ans ença ou enuiron, ne sçay quelle garse de l'isle d'Andros est venuë demeurer en nostre voysinage, tant pour la pauureté qui à ce faire la contraingnoit, comme aussi par la negligence de ses parens. Or estoit elle bien belle de visaige, & en pleine fleur de son aage.

§ 0. Aïh, i'ay grand' peur, que ceste Andrie ne nous aporte quelque mal.

§ 1. Du commencement que la dame arriua en nostre quartier, elle me sembla viure assez honestement, chastement & auec grand trauail prendre peine à gaigner sa vie, en besongnant de laine & lingerie, aumoins mal qu'elle pouuoit : mais depuis qu'elle commença acquerir des amoureux, qui luy promettoient à lenuie l'vn de l'aultre, faire tant de beaulx presens qu'a merueilles, elle (ainsi que chacun est apres le labeur fort adonné à son plaisir) se mist à receuoir leur offres, & suyure leur alliance, tellement qu'à la continué, en fait mestier & marchandise. Or ceulx qui pour lors auoient sa pratique, de cas d'auanture menerent mon filz leans en leur compagnie pour soy recréer

priuemēt

priuement enſemble par maniere d'esbat
ainſi qu'eſt de couſtume à ieunes gens. Si
toſt que ie le ſceuz: haa, cómécoys-ie à di
re en moy, pour certain le voyla prins, il
en a iamais n'en eſchape. Ie guettoys tous
les matins leurs laquetz allans & venans,
ie leur demandoys ſoigneuſement, viença mon amy, dy moy ie te prie: à qui fut
hier C H R Y S I S ? car ceſte Andrie ſe nó-
moit ainſi.

s o. I'entens bien.

s i. Ce fut Phædrus, ou Climas, ou
Niceratus, me reſpondoient ilz: car ces
trois galans enſemble pour lors y eſtoient
affectionnez. Voyre mais P A M P H I-
L V S, quoy? Luy, il a ſouppé & payé ſon
eſcot honeſtement. I'en eſtoye bien ioyeux. Le lendemain ie m'en enqueroys de
rechef: ie trouuoys que P A M P H I L V S
ne s'en eſtoit meſlé aulcunement. Auſſi
pour certain iamais ie n'euz l'opinió que
mon filz fuſt de ceſte nature, & m'aper-
ceuz alors d'vn grand' exemple de chaſte-
té & continence en luy. Car ſoyez aſſeuré
s o s i a, que celuy qui hante auec telz
ruſtres, & de telle nature, & toutesfois ne
ſe laiſſe point encheoir en ſemblables folies,

lies , fçaches qu'il pourra bien à l'auenir
fe fçauoir garder, & entendre à foy :

D'autant que celà me plaifoit , & en e-
ftois fort ioyeux , d'autät aufsi chacun de
mes amys enfemblement difoient de moy
tous les biens du monde,& louoyent grá-
dement ma fortune , de ce que i'auoys vn
enfant de fi bonne nature . Que veulx tu
que ie te dye d'auantage? CHREMES
efmeu du bon loz que chacun portoit à
mon filz, vient à moy, de fon bon gré of-
fre donner à mon filz vne fille vnicque
qu'il auoit, auec bon douaire & riche mariage , i'en fuz tresbien content, Ie luy a-
corde , & afsignafmes le iour des noces
à ce iourd'huy.

s o. Et donc qui vous en garde qu'elles
ne fe facent à bon?

s i. Tu orras:peu de temps apres ce que
ie t'ay dit, noftre bonne voifine Chryfis,
va de vie à trefpas.

s o. Ho, que voyla qui eft bon ! vous
m'auez fait fort ioyeulx de ce mot . I'a-
uoys defia peur de cefte Chryfis.

s i. Or ne bougoit mon filz , en ce téps
du logis de ladite dame , auec fes compagnons qui en auoient efté au precedent

                              D   affe.

affectionnez:& leur aydoit bien foigneu-
fement à l'apareil des funerailles:mefme-
ment, par fois fe monftroit fort trifte auec
eulx., & plouroient tous enfemblement:
ce qui me pleut adóc bien fort. Car voylà
que ie penfoys en moymefmes . Ce pauure enfant à caufe d'vne bien petite fami-
liarité,pleure fi tendrement la mort de cefte cy:qu'euft il donc peu faire, s'elle euft
efté fon amoureufe? que pourroit il donc
faire pour moy, qui fuis fon pere:Ie repu-
toys tout celà eftre le fait d'vn cueut noble, doulx & naturel. Que te diray-ie d'a-
uätage?moymefme encores pour l'amour
de luy ie voys au funerailles , fans penfer
en mal nullement du monde.

   s o. Ho de par dieu, il y aura cy quelque cas !

   s i. Tu le fçauras : on enlieue le corps,
nous le fuyuons, & en allant i'aperçoy de
fortune en la trouppe des dames qui fuy-
uoient, vne ieune fille d'vn vifaige bien
beau.

   s o. Poffible.

   s i. Et de maintien (s o. s i a)fi graci-
eux & honefte que riens plus. Pour autant
qu'elle me fembla lors plus fort larmoyer

que les aultres , & aussi pour ce qu'elle e-
stoit à la verité plus belle & gratieuse que
nulle de la bande , ie viens aux chambri-
eres qui la suyuoient, ie leur demande qui
elle est: me font response que c'est la sœur
de C H R Y S I S. Tout à l'heure le cueur me
vient à dIre:ah las, voicy le ieu de la be-
songne. C'est d'icy dont viennent ces l'armes. Voicy le poinct de ceste compassion.

s o. Ho que ie crains fort la fin de ce
propos.

s i. Cependant , le corps passe oultre,
nous suyuôs, & arriuons iusques au sepul-
chre. Elle fut posée sur le feu : on fait les
pleurs & les regretz. Sur ces entrefaites,
voicy venir ceste sœur , de qui ie t'ay par
cy deuant parlé , qui s'aproche du feu, vn
peu trop follement à la verité; & auec assez
grand danger de sa personne. Et là mon
beau filz, comme tout esperdu , monstre
apertement l'affection qu'il auoit de si
long temps bien chachée & dissimulée. Il
acourt de si loing qu'il la voit, & vous em
brasse ceste fille par le beau meilleu du
corps: m'amye G L I C E R I O N (dist il)
que voulez vous faire?pourquoy vous al-
lez vous destruire? Elle adonc se renuerse

D iii   sur.r

fur luy, pleurant fi familierement & doucement, que tu euffes par celà bien ayfé-
ment iugé & aperceu l'amour & priuauté
de long temps commécée & acouftumée.

s o. Que me dites vous!

s t. Ie m'en retourne de là tout colleré
& marry . Encores qui me faifoit plus
grand mal, c'eftoit que ie ne trouuoys en
celà affez d'ocafion pour le tencer, voylà qu'il m'euft peu refpondre : mon pere,
quel dômage vous ay-ie fait quelle puniti
on ay ie deferuy par ma faute, en quoy vo'
ay-ie offécé? Vne ieune fille qui fe vouloit
ieter dãs vn feu, ie l'en ay gardée, ie l'ay gá
rétie & fauuée, l'excufe m'é féble honefte.

s o, Voftre opinion n'eft que bonne:
car fi vous tancez celuy qui a fauué la vie
d'vne perfonne, que luy deuriez vous dõc
faire s'il auoit efté caufe de fon defplaifir
ou dommage.

s t. Le lendemain C H R E M E S reuiét
vers moy, criant la faulte eftre infuppor-
table: & me difant, comment il auoit entendu que mon filz P A M P H I L V S en-
tretenoit cefte eftrangere Et moy de luy
nyer à bon efsient qu'il fuft vray . Luy au
contraire, tient fermement qu'il eftoit
ainfi:

ainſi:tellement qu'à la fin ie me partz d'a-
uec luy, comme d'auec eeluy qui me refuſe tout à net de me vouloir plus donner
ſa fille.

s o. Sur celà, ne le dites vous pas à voſtre filz?

s i. Non: car l'ocaſion ne me ſembloit
point encores aſſez grande pour tancer &
reprendre.

s o. Et la raiſon?

s i. Vous meſme (mon pere) m'auez
dõné terme prefix de viure à mon plaiſir,
Vray eſt que la ſaiſon aproche, qu'il me
fauldra deſormais viure ſelon la couſtume
des aultres, pendãt qu'elle viendra ie vous
prie laiſſez moy encores vn peu prendre
mon esbat.

s o. Quelle ocaſion donc vous reſte il
parquoy vous le peuſsiez reprendre:

s i. Si ie voy qu'il me refuſe de vouloir
eſtre maryé, à raiſon de l'amour qu'il porte à ceſte truande:voylà la faulte qu'il me
fauldra premierement punir & corriger.
Et c'eſt ce en quoy maintenant ie trauail-
lé le plus, d'auanture à fin que s'il venoit
à me refuſer par fortune, aumoins que
ſouz couleur de ces faintes noces, i'aye

D iii   iuſte

iufte ocaſion de le reprendre. Pareillemét
aufsi, à fin que ſi ce meſchant D A V S,
a quelque mauuais conſeil apareillé, il le
conſume, & le monſtre maintenant : car
par ce moyen, ſes tromperies ne me ſcau-
ront donner empeſchement. Toutesfois
que ie ſuis bien aſſeuré qu'il n'y aura riés
qu'il ne face en grand diligence pour me
nuyre. S'il ſe deuoit rompre bras & iam-
bes, il trouuera encores quelque moyen
de fineſſe, pluſtoſt pour m'incommoder,
que pour faire plaiſir & ſeruice à mon ſilz,
ie ſçay bien cela.

S O. Et pourquoy ſire?

S I. Pourquoy, mon amy, de meſchant
cerueau, meſchant vouloir. Si eſt-ce que ſi
ie luy rencontre : mais il n'eſt ia meſtier
de tant de propos. S'il auenoit auſſi au có
traire (que ie deſirerois bien vouluntiers)
que P A M P H I L V S ne me tint point re-
fuſant, ha il ne reſteroit plus ſinon que ie
priaſſe C H R E M E S de continuer ſa pro-
meſſe: ce que i'eſperois facilement obtenir
de luy. Or maintenant voicy ton office,
& ce que ie vouldrois que tu fiſſes : c'eſt
que premierement tu gardes bien le ſecret
que ie t'ay dit touchant ces noces, & quelque

que chofe qu'il en foit , tiens moy toufiours D A V V S en grãd' crainte: & foyes
fongneux à regarder que fera mon filz, &
quel complot ilz tiendront enfemble.

s o. Il fuffit fire , ie le feray, il n'y aura point de faulte. Vous plaift il entrer fe-
ans?

s 1. Non pas encores. Entres y toy, i'y-
ray tantoft apres.

SENE DEVXIES-
me.

Simo.   Dauus.

s 1. Ie me doute, que mon filz ne vueil-
point de cefte femme. Car ie men fuis biẽ
aperceu tout maintenant , par la crainte
que i'ay veu qu'a eu Dauus , fi toft qu'il a
ouy dire que ie deuoys faire ces noces,
le voicy fortir.

D A. C'euft bien efté quelque chofe de
nonueau fi cecy fe fuft ainfi paffé. Toutesfois fi n'y auoit il encores hier que toute
doulceur: mais voylà i'ay toufiours douté
qu'il en pourroit auenir quelque folie . Si

D iiii   toft

toſt que mon vieillart à entendu que l'on ne vouloit point bailler femme à ſon filz, iamais n'en a voulu tenir propos à pas vn de nous : & neantmoins ne me ſembloit point à veoir à ſon viſaige qu'il en fuſt aultrement faſché.

s ı. Si fera bien maintenant ie t'aſſeure,& poſſible à tes grands deſpens.

ᴅ ᴀ. Ma foy il a fait celà par cautelle, voire ie m'en doute, & nous a ainſi voulu abuſer de fainte ioye,ſouz couleur de bône eſperance,de peur que ne nous en doutiſſions. Puis maintenant qu'il a veu toute crainte en eſtre hors, nous a voulu ſurprendre à leſcart de peur que n'euſſions le loiſir de controuuer quelque cas pour em peſcher ces belles noces . Croyez que ce a eſté finement fait à luy.

s ı. Oyez vn peu que dit ce boureau.

ᴅ ᴀ. Oy tu bien, le voylà , ie ne l'auois point aperceu·

s ı. Dauus,   ᴅ ᴀ. Maiſtre.

ᴅ ᴀ. A proche vien ça,

ᴅ ᴀ. Que diable eſt ce qu'il me veult?

s ı. Que t'en ſemble beau ſire?

ᴅ ᴀ. De quoy?

s ı. Demandes tu dequoy? Le bruit eſt que

que mon filz est amoureux.

D A. Oh, le monde s'en soucye beaucoup si vous le sçauiez bien.

s I. Est ce toy qui fais celà ou non?

D A. Qui moy, que ie le face?

s I. De m'enquerir maintenant de tout l'afaire entierement, ie sçay bien que c'est le fait d'vn pere trop rude à son filz: car de ce qu'il a fait par cy deuant, ie ne m'en dois pas beaucoup soucier. Pendant que le temps s'adonnoit & estoit propre à telles folies, ie l'ay laissé faire ainsi qu'il a voulu, à fin qu'il contentast sa fantasie: maintenant le iourd'huy amene vne autre maniere de viure, & requiert cháger d'aultres complexions. Parquoy ie te prie D A-V V S, & s'il en est mestier, ie t'en prie bié grandement, que tu le faces à present retourner en bonne voye.

D A. Mais que vouldriez vous donc dire par celà.

s I. I'entens bien que toutes ieunes gens amoureux, prenent à mal quand on les veult marier. D A. On le dit ainsi.

s I. Et le plus souuent auient qu'en suyuant mauuaise compagnie, ilz aplicquent leur esprit en mauuaise part.

D A.

D A.   En bonne foy sire, ie ne vous entens point.

s i.   Non hen?

D A.   Non ie vous asseure. Ie suis Dauus ie ne puis estre Oepidus.

s i.   Tu veulx donc que ie te dye apertement ce que i'ay encores à te dire?

D A.   Ie le voudroys bien, s'il vous plaisoit.

s i.   Scez tu qu'il y a Dauus. Si ie me puis auiourd'huy tant soit peu apercenoir, que tu me brasses quelque cautele touchant ces noces, pour garder qu'elles ne se facent, ou que tu vueilles en ce cas esprouuer tes tromperies, & mõstrer combien tu es fin, ie te feray donner tant de coups de fouet, que chacun aura pitié de ta peau, & ainsi acoustré que tu seras, ie t'enuoyray tourner la meule au molin: mais scez tu quoy? ce sera à ceste charge & condition, que si ie t'en retire iamais, ie mouldray pour toy Et puis quoy? m'entens tu bien à ceste heure? entens tu point maintenant que ie vueil dire?

D A.   Ouy vrayement sire, & bien finement ie vous en asseure: car vous m'auez apertement baillé à entendre vostre dire

mieux

mieux que par escript. Vous n'auez point
vsé de circunlocution , ie vous en sçay
bon gré.

s 1.   I'endureroys plus tost estre deceu
en tout autre cas qu'en cestuy cy.

D A.   C'est tresbien entendu à vous.

s 1.   Encores t'en mocques tu. Ie t'auerty que tu ne m'abuseras point, à fin que tu
ne t'y viennes point froter:& ne me viens
point dire apres , que ie ne t'en eusse rien
dit. Tiens toy bien sur tes gardes.

SCENE TROIS
iesme.

Dauus tout seul.

D A. Pour tout certain, Dauus, il ne t'est
plus besoing d'estre paresseux ou nonchal
lant à tes affaires:selõ que tu as peu maintenant comprédre par le propos du vieillart touchant ces noces : car si tu ne trouues bié tost le moyen de pouruoir & mettre ordre le plus soudain qu'il sera possible à tes affaires,elles sont en danger de te
ruyner, & toy & ton maistre. Encores ne
                                    sçay

sçay ie bonnement commét i'en dois che-
uir,ou si ie dois ayder à P A M P H I L V S,
ou si ie dois obeir à ce vieillart, voicy que
ie regarde. Si ie laisse là mon pauure P A M
P H I L V S,levoyla en danger de mort,i'ay
grand' peur de sa vie. D'autre part si ie luy
ayde,ie crains les menaces de ce vieillart,
auquel il est tant difficile de bailler bourdes en payement : car vne foys il a desia
bien entendu le cas de cest amour. Et
pour ceste cause, toute iour me guette au
pied leué de peur que ie ne face quelque
tromperie en ces noces. S'il s'en aper-
çoit tant soit peu, me voyla depesché, ou
s'il luy vient en fantasie de prendre quelque ocasion sur moy pour celà, incontinent à tort ou à droit il m'enuoira au molin,ie le sçay bien. Encores pour faire le
comble du malheur, voicy qui me vient
de surplus pour tout gaster, c'est que ceste
A M D R I B qu'entretient mon maistre, ou
soit sa femme ou son amoureuse (ie ne mé
soucye pas trop) est grosse du fait de luy.
Mais ie vous suplie entendez vn peu leur
belle folie : croyez que c'est vn entreprise
de folastres plustost que d'amoureux : Ilz
ont deliberé de bailler l'enfant à mon mai
stre, &

ftre, & vous ont controuué entr'eulx vne
maniere de petite bourde que ceste dame
est bourgeoise d'Athenes, & commēt depuis quelque temps en ça il y eut vn marchant d'assez bon aage, lequel eut vn nauire rompu pres de l'isle d'Andros, ledit
marchant meurt en ce peril : sa fille alors
bien petite fut iettée par fortune de la
mer à bort, & comme pauure orpheline
fut recueillie par le pere de C H R Y S I S.
Voylà de beaux contes? Quant à moy, ma
foy ie puis croyre que celà soit vray sem-
blable. Il leur plaist ainsi dire. Mais voyla
M Y S I S qui sort de chez nostre bourgeoi
se : Or de moy, ie m'en vois tout droit au
marché, voir si ie pourray trouuer mon
maistre P A M P H I L V S pour l'aduertir
de tout cecy, à fin que son pere ne le sur-
prenne point à despourueu touchant son
affaire.

SCENE QVATRE-
iesme.

Mysis chmberiere seule.

M Y.

M Y. Ie t'entens bien, Archillis, m'as tu pas
pieça commandé que ie t'ameine icy Lesbia? En bonne foy si est ce vne femme fort
suiette au vin, & qui ne veult riens faire
qu'à sa teste: voylà ie ne luy vouldroys
point laisser gouuerner vne femme en son
premier trauail. Et quāt à moy ie ne m'en
soucye pas? ie l'ameineray puis qu'on le
veult:mais voyez vn peu l'importunité de
ceste vieillotte, elle la fait venir pour autant que c'est sa commere du pot & du ver-
re. O dieux puissans ie vous requier donner grace à ceste pauure femme de bien ac
coucher, & permettez qu'elle faille plustost en autres choses qu'en ceste cy : mais
dont vient cela?qui á il, que ie voy P A M-
P H I L V S si ennuyé? l'ay grād' peur qu'il
n'y ait quelque folie, i'attendray icy, pour
veoir si ceste fascherie ne nous pourroit
point engendrer quelque mal.

SCENE CINQVI-
esme.

Pamphilus. **Mysis.**

PAM-

P A M. Est ce allé honestement en beson-
gne? Est ce là bien commencé? Est ce l'ofi-
ce d'vn vray pere?

M Y. Nostre dame qu'est ce cy?

P A M. Foy que ie doy aux dieux & aux
hommes, n'est ce pas icy vne grande honte? Il auoit deliberé de me donner femme
au iourd'huy, ne failloit il pas que ie le
sceusse au parauant? ne m'en deuoit il pas
communiquer premierement?

M Y. O femme perdue, qu'est ce que ie
luy oy dire?

P A M. Comment? Chremes qui m'a-
uoit refusé sa fille en mariage, maintenant
il change d'aduis, quand il voit que ie n'y
ay plus de courage. Fait il cela tout à propos, pour me retirer de l'amour de ma
G L Y C E R I V M? Si cela se fait, ie suis destruit à iamais! Y a il homme en ce monde
plus deplaisant, ou mal fortuné que ie suis.
O foy des dieux & des hommes ne sçau-
rois-ie trouuer le moyen d'euiter l'alliance de ce C H R E M E S? Ah, comment ie
suis bien abusé & deceu? Tout est desia
depesché: apres qu'on ma refusé, on me
veult maintenant reprendre Pourquoy est
ce qu'ilz font cela, si ce n'est pour ce que ie

me

me doute? Ha ilz me machinent quelque
cas Apres qu'ilz voyét que perfonne n'en
veult plus, on fe retire vers moy.

M Y.   Voylà vn propos, qui me fait
mourir de peur.

P A M.   Mais encores que dois ie dire de
mon pere: Ah, vne chofe de fi grande importance, la traiter fi negligemment? Tout
maintenant comme ie paffoye par le marché, hau P A M P H I L V s il te fault auiour
d'huy efpoufer, m'a il dit, Va ten à la maifon, & aprefte tout: i'euffe autant aymé
qu'il m'euft dit, prens vne corde & te va
pendre. I'en fuis demeuré tont efperdu,
tout picqué en la place, penferiezvous que
luy euffe fceu à l'heure refpondre vn feul
mot? ou bien luy produire quelque propos
pour ma deffence, ou au moins controuuer quelque petite excufe? Riens du monde: Ie fuis deuenu muet, comme fi iamais
ie n'euffe eu de langue. Aumoins s'il m'é
euft dit quelque chofe au parauant. Que
y vouldrois tu faire, me dira quelqu'vn? Eh
encores y a il quelque peu de remede. Il
fault trouuer quelque moyen, qui pourra,
pour faire qu'il ne foit riens de tout cecy.
Or maintenant auquel entendray-ie le
                                    premier?

premier ? par quel bout me fault-il commencer? I'ay tant de brouilleries en la teste qui tempestent mon esprit, puis ça, puis là que ie ne sçay auquel entendre. Ie considere d'vn costé l'amour, & la pitié que i'ay de ceste cy, le pourchas qu'il me fault faire touchant ces noces. D'autre part ie regarde la bonté de mõ pere, qui m'a si doucement permis & laissé faire iusques à icy à ma fantasie, tout ce que bon m'a semblé: fault-il que ie luy soye contraire & desobeïssant ? Ha Dieu, ie ne sçay icy que ie doisfaire !

M Y.   Laisse moy, voylà vn, ie ne sçay, qui me fasche bien. I'ay peur qu'il ne vien ne autremét qu'àpoinct. Si fault-il maintenant, ou qu'il vienne parler à elle, ou que ie luy raporte quelque chose de son affaire. Quand vn esprit est ainsi en doute, il fault quasi moins que rien pour le faire tresbucher deça ou delà.

P A M.   Qui est ce que i'oy là parler ? Ha My sis Dieu te gard.

P A M.   O Dieu vous gard Pamphilus.

M Y.   Et bien que fait elle?

M Y. Et que feroit elle la pauure femme, elle est en peine d'enfant, & a acouché de cour-

E   ROUX

roux qu'elle a prins de vous . Encores cé
qui plus la fasche ,c'est qu'elle à ouy dire,
qu'auiourd'huy doit estre le iour de voz
noces . Et d'auantage, voylà qu'elle craint
que vous ne teniez plus conte d'elle,& que
vous ne la vueillez laisser là.

P A M.   Comment? penseroit elle biē que
ie le dignasse faire? ou que ie voulsisse
permettre la pauure femme estre abusée à
cause de moy? Celle qui a mis son cueur &
toute sa vie en ma possession? celle que i'o
seroye bien prendre & tenir pour ma propre & chere espouse ? Penserois tu que ie
voulsisse son bon esprit, si bien & honne-
stement conduit, estre changé & aliené de
moy, par contrainte de pauureté? Ha ie ne
le feray iamais!

M Y.   Ie n'en fais point de doute, pour-
ueu qu'il ne tint qu'à vous, & que vous en
feussiez le maistre: mais si vous estiez ef-
forcé au contraire , ie ne sçay pas comme
tout en iroit.

P A M,   Me penserois tu bien si lasche, si
ingrat, si inhumain, si cruel, que ne la fami
liarité, ne l'amour, ne la honte que ie pour
rois encourir , me peussent esmouuoir , &
de telle sorte esmouuoir que ie ne luy
voul

voulsisse tenir foy, & loyauté?

M Y. Sire, ie suis bien asseurée de celà
touchant sa part qu'elle à bien merité,que
vous ayez bonne souuenance d'elle.

P A M. Que i'en aye bonne souuenance?
O Mysis, Mysis:encores me demourent es-
crites en la memoire les parolles que me
dist vne foys la bonne dame C H R I S I S,
touchant l'affaire de Glicerium. Ainsi que
elle estoit quasi à l'article de la mort, elle
m'apelle, ie m'aproche, vous retirastes, il
n'y auoit que nous deux. Elle me commen
ce à dire en cest estat : P A M P H I L V S mõ
amy, vous voyez la beaulté & l'aage de
ceste ieune fille, & n'estes pas incertain
combien ces deux choses luy viennêt mal
à propos, tant pour garder son honneur,
comme aussi pour sçauoir deffendre si peu
de bien qu'il luy reste, & pourtant mon a-
my, ie vous prie par vostre droicte main
que ie tiens, par vostre bon esprit & hon-
nesteté,& vous suplie encores tres affectu-
eusement par la foy & l'oyauté qui est en
vous, & par le grand ennuy & fascherie
que la pauure fille porte continuellement
à cause de vous, ne vous vueillez separer
d'auec elle,& vous plaise, viuant ne la de-

laisser

laiſſer. Vous ſçauez ſi ie vous ay autant
aymé que mon propre frere, vous ſçauez
ſi elle ne vous a pas touſiours porté loz &
honneur treſgrand, & ſi elle vous à touſiours eſté obeiſſante en toutes choſes. Ie
vous laiſſe pour ſon mary, ſon amy, ſon
tuteur, ſon pere. Ie vous laiſſe en tuition
tous mes biens que voicy, & les remetz en
voſtre foy & bonne ſauuegarde. Elle me
la deliura par la main, & tantoſt apres fut
ſaiſie de la mort. Ie l'ay ainſi prinſe & ac-
ceptée, ie la garderay tant que ie viuray.

M Y.   Vrayement ie l'ſpere en ceſt eſtat

P A M.   Pourquoy donc t'es tu partie
d'autour d'elle?

M Y.   I'aloys querir la ſage femme.

P A M.   Vien-ça, eſcoute, garde toy de
luy ſonner mot de ces noces, que cela ne
luy rengrege ſon mal, entens tu?

M Y.   I'entens bien.

ACTE DEVXIES-
me.

Scene premiere.

Cari

Carinus ieune filz, Birria son
seruiteur. Pamphilus.

c A. Vienca Birria, est il vray que lon
la doit donner auiourd'huy en mariage à
Pamphilus?

B I R. Monsieur il est ainsi.

c A. Comment le scez tu?

B I R. Ie le sçay, par ce que Danus me
le vient de dire tout maintenant au marché.

c A. O malheureux que ie suis! D'autant
que mon courage estoit au parauant at-
tentif en crainte & en esperance, d'autant

E iij main-

maintenant apres que tout espoir luy est
osté, il demeure remys, las, & amorty, de
grande fascherie qu'il reçoit.

B I R. Ie vous prie grandemét monsieur,
puis que tout ce que voulez ne peult entierement estre fait, contentez vous de
vouloir seulement ce que faire ce pourra.

C A. Ie ne veulx riens que Philumena, ie
ne demande riens autre chose en ce môde.

B I R. Eh qu'il vaudroit beaucoup mieux que vous missiez peine à tirer çest a-
mour hors de vostre fantasie, que de tenir
ces propos qui ne vous font qu'eschauffer & esmouuoir d'auantage.

C A. Ah quant nous sommes en santé, il
nous est bien facile de donner bon con
seil aux malades. Si tu estois en mon lieu
tu en dirois bien autrement.

B I R. Dea tout ce qu'il vous plaira, à vostre bon commandement.

C A. Voicy Pamphilus que ie voy venir.
I'ay deliberay d'esprouuer tous les moyés
que ie pourray, deuât que tout soit perdu.

B I R. Mais qu'y ferez vous?

C A. Ie l'en prieray tant, ie l'en suplie-
ray tant, ie luy conteray tant de mes dou-
leurs. Il n'est pas que ie n'obtienne de luy
qu'il

qu'il differe pour le moins quelque peu
de iours à faire ces noces . Ce pendant
i'espere qu'il se fera quelque chose.

B I R.   Et bien, quelque chose. Mon ame,
i'ay grand peur, que ce ne soit riens à la
fin.

C A.   Birria que t'en semble, doy-ie aller
parler à luy?

B I R.   Pourquoy non? à tout le moins si
vous n'obtenez riens de luy, il ne pourra
qu'auoir ceste opinion de vous, s'il la prét
en mariage, que vous ferez l'amoureux de
sa femme.

C A.   Va au diable meschât, auec tes sou-
speçons.

P A M.   Voyla Carinus, ie le congnois.
Dieu gard.

C A.   O Dieu gard Pamphilus. Ie venoys
par deuers toy mon amy, requerant ton
ayde, confort, espoir, salut, & conseil.

P A M.   Ma foy, tu es bien mal arriué: car
ie n'ay pour le present, ny ayde ny confeil que ie te puisse donner, ou dequoy ie
te peusse ayder. Et bien quoy? qui a il?

C A.   Est ce auiourd'huy que tu te maries?

P A M.   On le dit ainsi.

C A.   Pamphilus mon amy, si tu fais celà,

E iiii   tu mo

tu me voys auiourd'huy pour la derniere
fois.

P A M.   Et pourquoy?

C A.   Eh Dieu, ie ne ſçay ſi ie te l'oſerois
dire, ie te prye dy luy Birria.

B I R.   I'en ſuis content.

P A M.   Qu'eſt-ce?qu'eſtce?dy hardiment.

B I R.   Voulez vous que ie le vous dye,
ne vous en faſchez ſi vous voulez . Mon
maiſtre eſt amoureux de voſtre acordée.

P A M.   Vrayement il ne ſçayt donc pas
bien mon vouloir, s'il le ſçauoit . Vien ça
Carinus, dy moy vn petit par ta foy n'euz
tu iamais à faire à elle?

C A.   Ah mon amy nenny, ie t'en aſſeure.

P A M. O que ie le vouldroys bien.

C A.   Eh ie te ſuplie grandement pour l'a-
mytié que ie te porte, & la fidelité d'entre nous deux que tu ne l'eſpouſes point.

P A M.   Ie te prometz que i'y taſcheray.

C A.   Mais ſi par fortune tu ne le pouuois
faire, ou que ces noces te vinſſent à gré.

P A M.   A gré?

C A.   Au moins attens encores quelques
deux ou trois iours, pendant que ie m'en
iray vn peu à l'esbat quelque part, à fin
que ie n'en voye riens.

P A M.

P A M. T'en diray-ie la verité C A R I-
N V S mon amy, il fault que tu sçaches,
que ce ne seroit pas le faict d'vn honeste
homme, vouloir que l'on luy sceust gré
d'vne chose qu'il ne fist point, ou que riens ne luy coustast, & en quoy il ne meist
aulcune peine : car à fin que tu l'entendes
i'ay trop plus grand'faim & vouloir d'euiter ces noces que tu n'as pas d'y entrer.

c A. Mon amy, tu m'as faict reuenir le
cueur.

P A M. Or regarde, & pense bien maintenant que tu y pourras faire, ou toy, ou ton
Birria faites entre vous deux, controuuez,
inuentez, mettez en effect tout ce qu'il
vous sera possible, à ce qu'elle te demeure. De ma part, ie soliciteray qu'elle ne me
soit point baillée.

c A. Il suffit, c'est assez.

P A M. Ie voy tout à temps mon Dauus,
de qui i'ay tousiours suyuy le conseil.

c A. Et toy scez tu qu'il y a, ne me viens
plus rapporter ne redire chose qui ne soit
necessaire. Te retireras tu d'icy?

P A M. Comment retirer, mais tres-vo-
luntiers, aussi bien ne vous y sers-ie de
rien.

Scene

SCENE DEVXI-
esme.

Dauus, Carinus, Pamphilus.

D A. Bons Dieux, la bonne nouuelle que
i'aporte à mon maistre : mais ou le pourrois ie bien rencontrer maintenant , à fin
de luy oster ceste crainte enquoy il est à
present, & luy remplir l'esprit de grand'
ioye.

C A. Il est tout gay, il ya quelque cas.

P A M. Ha non a, ie me doute qu'il n'y a
riens : car il n'a point encores esté aduerty
de mes malheurs.

D A. Ie sçay bien, que s'il oyt vne foys
dire que l'on apareille maintenant ces noces pour luy.

C A. N'oy tu pas ce qu'il dit.

D A. Fault-il que ie me tuë si long temps
à le chercher deça & delà par toute la ville.
Mais ou le pourrois-ie bien trouuer ? ou
me pourrois ie plus maintenant adresser?

C A. Qu'attens tu tant à parler à luy?

D A. H ie le tien.

C A. Dauus vien ça vien, demeure.

D A.

D A. Qui est cestuy cy qui me vient. O mon maistre Pamphile, c'est vous que ie cherchoye: & à vous seigneur C A R I N V S ie vous ay trouuez tous deux bien apoint Ie ne desiroys que rencontrer ceste assemblée.

C A. Dauus mon amy, ie suis destruit.

D A. Point point, vous n'auez pas encores entendu ce que i'ay à vous dire.

C A. Ie suis mort.

D A. Ie sçay bien que c'est que vous craignez.

P A M. En bonne foy de Dieu ie voy bien que ma vie est en fort grand danger.

D A. I'entens bien, aussi que c'est que vous craignez.

P A M. C'est pour moy que ces noces sôt apareillées.

D A. Oo ie sçay bien tout celà.

P A M. Auiourd'huy.

D A. Vous me rompez la teste. Pensez vous que ie n'entende pas bien le cas? Vous d'vne part craignez de l'auoir en mariage, & vous de l'aultre auez peur qu'on ne vous la vueille bailler.

C A. Voylà le poinct, tu entens l'affaire, il ne t'en fault plus riens dire.

P A M.

P A M. C'est celà mesmes.

D A. Et celà mesmes ne vous portera point de dommage. Ie vous en asseure, fiez vous en moy.

P A M. Ie te suplye donc deliure moy de ceste doute le plustost que tu pourras, ne me fais plus tant languir.

D A. Or sus, ie vous en deliureray. Soyez aseuré que Chremes ne vous donnera mes huy sa fille en mariage.

P A M. Comment le scez tu?

D A. Ie le sçay, par ce que vostre pere m'a maintenāt empongné par la main: & m'a compté comment il auoit auiourd'huy deliberé de vous marier, & plusieurs aultres cas que ie n'ay maintenant loysir de vous reciter. Tout soudain ie prens ma course, & men viens au marché voir si ie vous trouuerois, pour vous reciter ce beau compte. Quand ie vis que ie ne vous pouuoys trouuer, ie me monte sur vn hault lieu qui estoit là, & regarde de costé & d'aultre, ie ne vous aperçoy nullement: mais de cas d'auanture ie voy Birria, le seruiteur de ce bon seigneur cy, ie luy en demande: il me respond de ne vous auoir veu. Celà me fasche, ie me prens à penser
qu'il

qu'il seroit bon que ie fisse. En m'en retournant, & pensant ainsi en par moy, me
vient vn soupçon en la fantasie, de ce que
i'auoys veu au parauant. Comment? Il n'y
a quasi riens pour disner! le pere est fasché, & puis faire des noces si soudain, cela
ne vient point bien à propos.

ſ A M. Et bien que s'ensuyt il pourtant?

D A. Ie m'en voys tout incontinent voir
au logis de Chremes. Quand i'arriuay là,
ie ne voy ame deuant la porte, ho i'en
feuz desia bien ayse.

C A. Ie t'en sçay bon gré, & bien?

D A. Ie m'arreste là vn petit, en attendant
ie ne voy (pendant que ie suis là) entrer
personne, ne saillir personne. Ie ne voy
ne fille ne femme, la maison n'estoit ne
tapissée ne parée par dehors, ie n'oy non
plus de bruit, que s'il n'y eust eu ame au
logis. Quand ie voy cela, i'entre dedans,
ie regarde par tout.

ſ A M. I'entens bien, voylà de grandz signes.

D A. Vous semble il que soient signes de
noces?

ſ A M. Vrayemét Dauus ie ne le pense pas.

D A. Comment? vous ne lepensez pas,

vous

vous ne m'entendez donc point encores,
il n'eſt riēs plus certain que ce que ie vous
dy. Meſmement, en m'en retournant de là
ie m'arreſtay à parler au laquays de Chremes, il me diſt qu'il portoit pour vn ly-
art de ſalade & de la menuyſe de petitz
poyſſons pour le ſouper de ſon maiſtre.

C A. Dauus mon amy, ie ſuis auiour-
d'huy mis hors de grand' peine par ſon
moyen.

D A. Mais poſſible remis en plus grand
que iamais.

C A. Pourquoy celà? ne dis tu pas qu'il
ne la baille nullement du monde à ceſtuy
cy.

D A. Eh pauure homme que vous eſtes,
penſeriez vous pourtāt, s'il ne la luy baille point, que ce ſoit à dire, que vous la de-
uiez auoir en mariage, ſi vous ne prenez
aultrement garde à vous, ſi vous ne ſupli-
ez les amys du vieillart, ſi vous ne bri-
guez à bon eſſient.

C A. Par Dieu c'eſt bien auiſé a toy, ie
m'y en voys tout à ceſte heure, iaçoit toutesfois que ceſte eſperance m'ayt ia plu-
ſieus fois trompé & deceu. A Dieu donc.

Scene

SCENE TROISI-
esme.

Pamphilus . Dauus.

PAM. Que veult donc dire mon pere ? à
quel propos me monstre il tant de sem-
blans?

DA. Ie vous diray . S'il est maintenant
fasché à cause que CHREMES ne luy
vueille laisser sa fille , il n'en estimera la
faulte venir que de soy, & ne s'en prendra
qu'à soy mesme: aussi aura il rayson, iufques à ce qu'il ayt cogneu, quel pourra e-
stre vostre vouloir touchant ces noces.
Mais aussi quand il viendroit à vous en
demander,& vous luy fissiez ceste respon-
ce que vous ne la voulsissiez prédre à femme , il ne fauldra point alors d'en remettre tout sur vous,& vous en dôner le blasme . Et là, Dieu sçait s'il y aura beau ieu,
vous verrez beau sabat.

PAM. Quoy donc? voudrois tu que i'en
endurasse?

DA. Pamphilus, c'est vostre pere , il est
bien dificile de le desdire. D'auátage ceste
femme

femme est seule, & n'a personne qui la des-
fende aussi tost faict que dict, il pourra
trouuer quelque occasion pour la faire
chasser hors de ceste ville.

PAM.   Pour la faire chasser?

DA.   Ouy, chasser. Et bien tost encores,

PAM. Ie te demande donc Dauus, que seroit il bon que ie fisse?

DA.   Dites luy, que vous estes content de
l'espouser.   PAM.   Ah Dieu.

DA.   Qn'auez vous ? que vous fault il?

PAM.   Que ie le peusse iamais dire !

DA.   Pourquoy non?

PAM.   Ah ie ne le ferois iamais.

DA.   Ie suis d'auis que vous ne luy niez
point.

PAM.   Ne me conseille iamais cela.

DA.   Mais considerez vn petit le bien
qu'il en pourra auenir si vous le faites.

PAM.   Il en auiendra, que ie seray for-
clus d'elle,& mis en possession de ceste cy.

DA.   Iamais cela n'auiendroit, vous abu-
sez. Or ça, ie metz le cas que vostre pere
vous vienne maintenant dire en cest estat:
Pamphile ie veulx que tu prennes femme
auiourd'huy : & que vous luy faciez ceste
response: mom pere i'en suis content, ie
vous

vous demande maintenant quel debat en
pourroit il auenir de celà ? qu'aura il plus
à quereler à lencontre de vous? Par ce moy
en vous ferez que l'auis qu'il pense bien
maintenant tenir pour asseuré, luy torne-
ra en plusgrand' doute que iamais, & sans
aulcun danger que vous en peussiez encou
rir, car c'est vne chose arrestée que C H R I-
M E S , ne vous lairra' iamais sa fille : & si
par ce moyen, vous n'en lairrez pas à pour
suyure vostre affaire, à fin qu'il ne puisse
plus changer d'auis parquoy monsieur, ie
vous prie respõdez à vostre pere que vous
la voulez bien: à fin qu'il ne puisse auoir
iuste occasion de se courroucer à lencontre
de vous, quand encores il, le voudroit faire
car de la doute que vo° en pourriez auoir
puis apres, ne vous souciez, i'en cheuiray
bien , ie rabatray tout celà le plus facilement du monde . Vne fois de vous bailler
celle que vous aymez , iamais on ne bail-
leroit à vn ieune filz femme de telle com-
plexion . Quand il vous en deuroit chercher la plus pauure du monde , il vous la
baillera plustost que de vous laisser corrompre en cest estat. Mais aussi s'il vient à
entendre, que vous en soyez bien content

F   vous

vous le ferez negligent:il vous en cher-
chera vne aultre à son loysir,& ce pendant
il pourra aduenir quelque chose de bon.

P A M. Le penserois tu bien celà?

D A. Celà?il n'y aura point de faulte.

P A M. Regarde bien aussi en quel danger tu me mettras?

D A. Mais ie vous prye n'en parlõs plus.

P A M. Bien donc, ie luy diray. Mais oy
tu, il se faudra bien donner de garde,qu'il
ne sçache que i'en aye eu vn enfant : car
i'ay promis de le prendre.

D A. O la grand'folie.

P A M. Qui eusse ie faict. Elle m'en a
prié plus que Dieu que ie luy promisse
ma foy de ce faire à fin que par ce moyen
elle fust asseurée que ie ne la voulsisse laisser.

D A. O bien de par Dieu on y pensera,
mais mot. Voicy venir vostre pere,gardez
bien qu'il n'aperçoyue que vous soyez fa-
ché.

SCENE QVATRI-
esme.

Simo, Dauus, Pamphilus.

s ɪ. Ie retourne voir çe qu'ilz font, ou
quel conseil ilz prennent ensemble.

ᴅ ᴀ. Le voicy qui se tient tout asseuré,
que vous luy ayez à nyer de la vouloir espouser, il vient de quelque lieu secret ou
il a bien estudié son roolle : pensez qu'il a
recordé quelque belle harangue, pour
vous mettre celà hors de la fantasie. Toutesfois ne vous en souciez, non, tenez tous
iours bon ne vous espouuentez point.

ᴘ ᴀ ᴍ. Tu dis tresbien, mais qu'il fust
en moy de ce faire.

ᴅ ᴀ. Croyez m'en de celà, monsieur, si
vous tenez bon vne fois, de dire à vostre
pere que vous en estes content, vous n'au-
rez que deux motz ensemble.

SCENE CINQIES-
me.

Birria, Simo, Dauus.
Pamphilus.

ʙ ɪ ʀ, Mon maistre m'a fait laisser toutes
aultres affaires pour venir icy à grande
haste

hafte prendre garde à Pamphilus, & fçauoir qu'il feroit de ces belles noces: à cefte
caufe ie ne le veulx point perdre de veuë.
Le voicy venir tout à propos auec fon Da
uus, i'entens defia bien qu'il fault que ie
face.

s i. Ha ie les voy là tous deux.

d a. Or fus maiftre, prenez bien garde à
vous, bon courage.

s i. Pamphile.

d a. Tournez vous vers luy, comme fi
vous ne l'euffiez point aperçeu.

p a m. Ha mon pere.   d a. Fort bien.

s i. Auiourd'huy, comme ie t'auoys a-
uerty, ie veulx que tu prennes femme.

b i r. Il y a bien maintenant à craindre
de noftre cofté, fça uoir que ceftuy cy luy
refpondra.

p a m. En ce cas, n'en aultre, ne tiendra
point à moy que ie ne vous foys obeïffât
mon pere.

b i r. Hen, hen.

d a   Il ne dit plus mot, le voylà pris.

b i r. Qu'elles parolles voylà!

s i. Tu faiz ainfi qu'vn bon enfant doit
faire, puis que ce que ie te demande, tu me
l'acordes de bon cueur.

D A.

DA. Ne vous en auois-ie pas bien dit
tout autant, suis-ie donc menteur?

BIR. Mon maiſtre (a ce que ie voy) eſt
curé de ſa femme,

SI. Vaten donc leans tout à ceſte heure,
à fin que tu te tiennes preſt quand il en ſe
ra de beſoing.

PAM. I'y voys mon pere.

BIR. C'eſt grand choſe, qu'auiourd'huy
il n'y a plus de fidelité entre les hommes
il eſt bien vray, ſe qui ce dit en commun
prouerbe: n'y a celuy qui ne prenne pluſtoſt le bien pour ſoy, que pour vn aultre.
Quant à la fille, il me ſemble l'auoir veuë
aultresfois : i'ay bien ſouuenance qu'elle
a bien fort beau viſaige à mon iugement
Parquoy i'en ſçay meilleur gré à Pamphilus, s'il l'ayme mieulx tenir la nuict entre
ſes bras que la laiſſer à mon maiſtre. Or ie
luy vois redire ceſte belle nouuelle, à fin
que pour vn mal, il m'en rende vn aultre.

SCENE SIXIES-
me.

Dauus.　　　　Simo.

F iii　　DA.

D A. Il luy eft bien à voir maintenant,
que ie luy aporte quelque bourde, & que
pour cefte caufe ie foys icy demouré tout
à propos.

s I. Que dis tu Dauus?

D A. Ie ne fçauroye que dire, fire,

s I. N'as tu que dire, hen?

D A. Riens qui foit.

s I. Toutesfois fi m'atendo is ie bien
du contraire.

D A. Cecy luy eft auenu au contraire de
fa penfée. Ie m'en doutoys bien. Le bon
homme en eft fafché.

s I. Vien ça? me diras tu la verité de ce
que ie te demanderay?

D A. Il n'eft riens plus facile.

s I. Ces noces ne luy font elles point vn
petit fafcheufes, à caufe de l'acointance
qu'il a à cefte eftrangiere?

D A. En bonne foy fire, nenny : ou fi elles le font, ce n'eft riens qu'vne petite fafcherie de deux ou trois iours, vous entendez bien celà, il n'y perra plus incontinét
car tantoft il viendra à fe remettre en voye
& fe corigera par bon moyen.

s I. Ie l'en prife mieulx.

D A. Pendant qu'il luy a efté loyfible, &

l'aago

l'aage s'y eſt adonnée, il a vn petit tran-
ché de l'amoureux, encores n'a ce eſté que
bien ſecrettement: car touſiours il a prins
garde à faire que riens ne luy tournaſt à
deshonneur, ainſi qu'vn honeſte ieune
homme a decouſtume : maintenant qu'il
luy fault vne femme, vous voyez, comment il y met ſon eſprit.

ſ ı. Si m'a il ſemblé toutesfois quelque
peu faſché.

D A. Ha, ce n'eſt pas pour celà que vous
penſez, ſire:mais il y peult bien auoir quel
que petit cas.

ſ ı. Comment?qu'y a il?

D A. Ce n'eſt pas grand' choſe, non,c'eſt
vne petite folie de ieuneſſe.

ſ ı. Mais qu'eſt-ce,dy le moy?

D A. Ce n'eſt rien, non.

ſ ı. Or ſus, me diras tu que c'eſt?

D A. Il dit que vous faites la deſpenſe des
noces vn peu trop eſçharcement.

ſ ı. Moy?

D A. Qui vous, à grand' peine, dit il,
le bancquet montera à cent ſoubz. Sem-
blera il que ce ſoit ſon filz qu'il marie?
Qui eſt ce (dit il) que i'apelleray de mes
compagnons à mes noces,& encores en ce

temps icy? Aufsi fire, à la verité il ne vous
defplaira pas fi ie le vous dy : fans point
de faulte, vous faites vn peu bien chiche-
ment, & ne trouue pas celà trop beau.

SI Tay toy laiffe m'en faire.

DA. Ie luy ay baillé fon cas, il en a ce
qu'il luy en fault.

SI. Ie pouruoiray fi bien à tout, que cha
cun s'en contentera. Quelle belle folie eft
celà? Que fault il à ce beau fotart? S'il y a
quelque mal, ou quelque faulte en celà, ne
m'en fçauroit il auertir? ne fuis ie pas celuy qui y puis prouuoir. Voicy encores,
Dieu mercy, la befte qui a fait le dommage..

ACTE TROISIES-
me.

Scene premiere.

Myſis, Simo, Dauus,
Lesbia ſage femme,
Glyccrium.

M Y. Ie vous promctz Lesbia, qu'il eſt
ainſi que ic lc vous ay dit : à grand peine
trouuerez vous encores vn homme qui
tienne meillcure foy à femme.

S I. Ceſte chambriere eſt de chez l'An-
dryc, ce me ſemble, qu'en dis tu Dauus.

D A. Elle eſt de leans ſire.

M Y. Mais ſçauez vous encores que Pamphilus luy à faict.

S I. De qui eſt ce qu'elle parle.

M Y. Il luy a promis foy & loyauté de
mariage.

S I.

s i. Hen hen.

d a. Pleuft à Dieu qu'il fuft fourd, ou
que ceſte là fuft muette.

n y. Meſmement, a commandé, que l'ē-
fant qu'elle auroit, fuft porté en ſon logis,
& qu'il le retenoit pour ſien.

l e s. Vrayment à ce que tu m'en, comptes, le ieune filz eſt fort honeſte.

n y. Tres, mais ſuyuez moy, i'entreray
la premiere, à fin que nous ne faciōs point
trop ſonger ceſte pauure femme.

l e s. Allons.

d a. Quel remede pourray ie maintenāt
trouuer à ceſte malencontre.

s i. Et dea, que ſera cecy ? eſt il ſi fort aſ-
ſotté de ceſte eſtrangere? Ah ie me doubte
deſia bien que c'eſt. O ſot que ie ſuis, encores ne le voulois ie iamais croire.

d a. Qu'eſt ce qu'il parle de croire.

s i. Voicy la belle fineſſe que lon m'a
forgée tout maintenant: ilz faignent que
ceſte cy eſt en trauail d'enfant, à fin d'eſ-
ponenter, & deſtourner Chremes.

g l y. A l'ayde, à l'ayde, ay, ay, ay, eh
Dame Iuno aydez moy, ie me meurs en
trauail, eh gardez moy ie vous requier, cecy, ay. A l'ayde, à l'ayde.

s i,

s i. Huih, si tost, ce ne sont que mocque-
ries . Incontinent qu'elle à ouy dire que
i'estoys à mon huys , elle se haste de trauailler . Tu n'as pas bien comparty celà
selon le temps & l'oportunité Dauus.

D A. Est ce à moy que vous parlez.

s i. Ne te souuient il pas bien encores de
ton disciple?

D A. Moy? ie ne sçay que c'est que vous
voulez dire.

s i. Voyez vn peu, si ce gallant m'eust sur
prins à despourueu en vrayes noces, qu'elz
beaulx ieux il me rendroit en payement.
Toutesfois si est-ce que ce qui se faict
maintenant , sera à son grand danger : car
quant à moy ie nage à bort , ie ne m'en
soucie pas trop.

SENE DEVXIES-
me.

Lesbia, Simo Dauus.

L E S. Archillis m'amye ce ne sera riens,
ie voy encores en elle tous bons signes, &
telz qui ont acoustumé d'estre & qui sont
necessaire s

necessaires pour sa santé, il vous fauldra
premierement auoir ce soing de la faire
tresbien lauer & netoyer, puis apres vous
luy ferez prendre ce que ie vous ay laissé
& luy en donnerez la quantité que i'ay or
donnée:tantost vous me verrez icy de retour. En bonne foy que Pamphilus a eu
vn tresbeau petit enfant, ie prie à Dieu
qui l'en face ioyeux : car sans point de
faulte, le personnage le vault, consideré
le bon cueur qu'il à eu de ne vouloir iamais faire deshonneur ne desplaisir à ceste
honeste ieune fille.

S I. Qui me diroit maintenant que cecy
ne fust venu de toy, il fauldroit que lon
ne te cogneust point.

D A. Quoy? qu'est ce?

S I. Elle n'auoit garde de commander ce
qu'il falloit à l'acouchée en presence d'elle, non: mais apres qu'elle est saillie dehors
elle huye de la rue tant qu'elle peult, à celles qui sont leans. Eh Dauus, ne tient tu
aultrement compte de moy ? Te semble-il
que ie soys si niayse qu'il faille que tu me
commences à abuser par tes finesses, si a-
pertement que chacun le voye ? au moins
que tu fisses tes choses vn peu plus couuertes

uerres:ie t'affeure, que fi ie m'en aperçoy.

D A.   Par bieu c'eft il qui s'abufe luy mefmes, fe ne fuis-ie point, il me pardonnera
de celà.

S I. Vien ça maraulr, ne te l'auois-ie pas fi
bien cõmandé,ne te l'auoys-ie pas tãt deffendu,que tu n'en fiffes rien?N'as tu point
de honte? qu'eft ce qu'elle à dit tout main
tenãt?Pẽferas tu que ie creuffe tout à hafte,
qu'elle euft eu vn enfantde mon filz Pamphilus.

D A.   A ie me doute à cefte heure,qce c'eft
qui l'abufe, i'ay defia ma refponfe toute
prefte.

S I.   Es tu muet, ne parles tu point?

D A. Que voulez vous que ie vous en die?
comme fi lon ne vous en euft pas auerty
au parauant.

S I. Y eut il iamais homme qui m'en fon-
naft mot?

D A. Et qui vous a donc flagorné, que c'e
ftoit vne chofe faiĉte à la main?

S I.   A ie voy bien qu'on fe mocque de
moy.

D A. A Dieu fi fault il bien que lon vous
en ayt aduerty:car dont vous en feroit venu en foupçon?

SI.

s 1. D'ou?pource que ie ne te cognoispas bien?

D A. Comme si vous vouliez dire que ce là euft esté faict par mon conseil.

s 1. Par Dieu il est vray, i'en suis tous asseuré.

D A. Sire, sans point de faulte, vous ne cognoissez pas bien encores du tout qui ie suis.

s 1. Non vraymēt ie ne te cognois pas bié.

E A. Voylà le cas. Ie ne sçauroys commēcer à vous dire vn mot, que n'ayez tout incontinent ceste opinion de moy, que ie vous abuse.

s 1. Aa i'ay grand tort, ie le confesse.

D A. Ie n'oseroys donc plus ouurir la bouche pour vous dire vn tout seult mot.

s 1. Vne fois, ie suis tout seur de cela, qu'il n'y a point d'acouchée en ce quartier.

D A. Si est ce toutesfois (puis qu'il fault que ie le vous die) que tout maintenāt lon vous aportera icy vn enfant deuant voſtre porte : & vous certifie bien mon maistre, que le cas sera fait en cest estat, à fin que vous en teniez tout asseuré, & que vous n'ayez à penser par cy apres que ce a esté fait par le conseil ou cautelle de Dauus.

Vne

Vne fois pour toutes , ie vous veulx oster ceste suspicion que vous pourriez auoir de moy en cest endroit.

SI. Comment le scez tu?

DA. Ie l'ay ouy dire , & le croy ferme-mement.

SI. Voicy beaucoup de raisons qui me mettent en coniecture du contraire , vne fois il n'y a quasi riens qu'elle se disoit estre grosse de Pamphilus, celà c'est trouué faulx : maintenant quand elle voit que les noces s'aprestent au logis , tout inconti-nent l'on enuoye vne chambriere à grand haste pour luy apeller la sage femme, à qui on a dit qu'elle aportast vn enfant soubz son tablier quand & elle.

DA. Or si vous ne voyez tantost aporter l'enfant, ie suis content que les noces soiét nulles.

SI. Viença, respons moy. Quand tu voy ois qu'elles prenoient ce complot entre elles , que n'en auertissois tu incontinent mon filz Pamphilus?

DA. Mais qui a ce donc esté , qui la di-straict de ceste affection sinon moy ? car il n'y a celuy de nous qui ne sçache bien l'amour desordonnée qu'il a tousiours

porte

parté à ceste cy . Maintenant s'il la veult
auoir à femme, que voudriez vous que i'y
fisse ? non fire ie vous suplye , laissez m'a-
cheuer. Ce pendant ne laissez pas de pour
suyure ces noces, comme vous faites, i'espere que Dieu nous aydera, & pouruoyra
à tout.

51.   Mais plustost, ie te prye, entre leans
si tu veulx & attens là que ie y vienne, ce
pendant apreste ce qu'il fauldra . Encores
ne m'a il pas du tout induit à croyre cecy
& ne sçay bonnement si ses parolles sont
de tout vrayes. Toutesfois que ie ne m'en
soucye pas trop : car ie m'arreste plustost
à ce que mon filz m'a promis. Parquoy le
meilleur est que i'aille visiter Chremes &
luy face requeste de sa fille. Si ie l'obtiens
que me reste il plus, sinon de despescher
auiourd'huy ces noces ? Voylà que ie pense : si mon filz estoit refusant de ce qu'il
m'a promis, il n'y a point de doute que ie
ne le puisse tresbien, & à bon droit, contraindre de faict & de force à m'estre o-
beissant. Ha voicy le bon Chremes qui
me vient tout à temps au deuant..

                                                            Scene

SCENE TROIS
iesme.

Simo, Chremes.

s I. Dieu gard Chremes.

c H. O tout à poinct, ie vous cherchoye.

s I. Et moy vous.

c H. Vous estes venu aufsi à propos cō-
me qui vous auroit mandé. Quelques vns
se font auiourd'huy trāsportez chez moy,
qui me disoient auoir entendu de vous,
que ma fille deuoit auiourd'huy estre es-
pousée à vostre filz, ie venoys pour ceste
cause voir si vous ou eulx estiez point de-
uenuz folz, ou hors du sens.

s I. Oyez vn bien petit, sire Chremes, &
vous entēdrez que c'est que ie vous veulx
& aufsi ce que vous me demandez.

c H. l'escoute, dites.

s I. Chremes, ie vous suplye bien grandement, par la vertu & puissance de tous
les dieux, & pour l'amytié d'entre nous
deux, laquelle commencée depuis nostre
ieune aage, a tousiours creu selon noz ans
iusques à ce iourd'huy : & aufsi pour l'a-

G   mour

mour de voftre fille vnicque & de mon
filz, duquel conferuer & garder vous auez
toute puiffance, que voftre bô plaifir foit,
de me donner ayde, & fuport en ceft affaire : & que ces noces pourfuyuent & fe
facent, ainfi qu'elles denoient & qu'elles
eftoient bien commencées.

c h. Ah ne men venez plus parler, com-
s'il failloit que vous vinffiez impetrer, &
obtenir celà de moy par priere. Penferiez
vous que ie fuffe maiôtenant aultre que
i'eftoys quand ie la vous promis ? Si vous
voyez que ce foit le profit & faulement
& de l'autre, ne faites que les apeller: mais
aufsi, fi c'eft plufgrand dommage que pro
fit à l'vn, & à l'aultre que ces noces foient
faites, ie vous fuplye de faire & entendre
au commun bien de tous les deux : & au
furplus eftimer tout autant comme fi ma
fille eftoit voftre, & ie fuffe le pere de
Pamphilus.

s i. Ie ne vous demande pas mieulx, fire
Chremes, & eft la chofe que ie defireroys
plus voluntiers de laquelle ne vous preffe-
roys point tant, fi la raifon ne m'en admo
neftoit.

c h. Qui a il donc?

s i.

s i. Il y a castille entre Glycerium &
mon filz.

c h. Ie l'ay desia ainsi entendu.

s i. Mais telle,que iamais ie n'ay espoir
qu'ilz se puissent reconcilier ensemble.

c h. Ce sont fables.

s i. Ie vous asseure qu'il est en cest estat.

c h. Il aduiendra ainsi que ie vous voys
dire:c'est que noyse d'amans est tousiours
cause de plus grande reconciliation & re-
nouuellement d'amour

s i. Eh ie vous,requier que nous y alliós
au deuant, pendant que l'oportunité s'y
adonne , & que l'amour de nostre gallant
est empeschée à cause de ces iniures & có-
tumelies . Ie vous suplye Chremes mari-
ons le, donnons luy femme , deuant que
les tromperies de ces meschantes & leurs
fainctes & contrefaictes l'armes puissent
reduire son esprit malade à quelque mise-
ricorde & compassion : i'ay bon espoir
Chremes qu'au moyen de l'acointance
de vostre fille & de cest honeste mariage
par cy apres il se retirera facilement hors
de tous ces maulx.

c h. Il le vous semble ainsi:mais quant à
moy ie pense aussi seurement,que iamais

G ii

il n'endurera d'elle, ne moy de luy.

s i. Comment sçauez vous cela, si vous ne l'auez esprouué.

c h. Mais d'esprouuer ce danger sur ma fille, croyez qu'il m'en fascheroit beaucoup.

s i. Tout le danger qui en pourroit auenir c'est (que Dieu ne vueille) qu'il les faudroit departir : mais aussi, si mon filz s'amende, voyez les grandz biens & commoditez qui en auiendroient. Premierement vous serez cause de rendre & sauuer vn enfant à vostre amy, & d'auoir vn bon gendre pour vous, & vn loyal espoux pour vostre fille.

c h. Bien donc, puis qu'ainsi est que m'auez persuadé la chose estre bonne & vtile, ie ne voudroys pas qu'il tint à moy, que tout profit & commodité ne vous auint.

s i. Sire Chremes ie vous remercye grandement, non sans cause vous ay-ie tousiours aymé, & estimé tel que ie vous voy auiourd'huy.

c h. Mais du reste qu'en dites vous?

s i. Quoy?

c h. Comment sçauez vous, qu'ilz sont maintenant en noyse entr'eulx?

s 1. Mon Dauus, qui est leur grand secre-
taire me le vient de raporter à ceste heure
& luy mesmes me conseille que ie haste &
despesche les noces le plustost que ie pourray. Penseriez vous qu'il en fust de cest a-
uis, s'il n'estoit bien asseuré que mon filz
le voulsist semblablement? Ie vous feray
tout à ceste heure ouyr ce qu'il en dira.
Hau la? apellez moy icy Dauus. A le voylà sortir.

SCENE QVATRE-
iesme.

Chremes, Dauus, Simo,

D A. Sire, ie venoys à vous.
s 1. Et bien qui a il? que faict on leans?
D A. Que ne faict on venir ceste espou-
fée? il vient desia sur le tard.
s 1. Oyez vous pas bien ce qu'il dit? Dauus mon amy i'auoys pieça douté de toy,
& craignoys que tu me fisses le pareil,
qu'ont acoustumé de faire la pluspart des
meschantz seruiteurs: c'est que tu ne m'a-
busasses de tes tromperies, pour autant que

G iii　　mon

mon filz est affectionné ailleurs.

D A. Moy sire, que ie le daignasse ia auoir faict?

S I. Voylà, iele croyoys, & pour ceste cause i'ay celé ce que ie diray à present.

F A. Qu'est- ce sire?

S I. Ie te le voys dire, car maintenant ie te croy du tout, & me fie bien en toy.

D A. Celà va bien:vous auez à la fin cogneu qui ie suis. Dieu mercy.

S I. Ce n'estoit que chose faincte des noces dequoy ie te parloys, & à tes compagnons.

D A. Comment! ne les deuez vous donc pas faire?

S I. Non. mais ie les faignoys tout à propos, pour t'esprouuer, toy & les aultres.

D A. Que me dites vous!

S I. Il est ainsi que ie te dy.

D A. Aa regardez. iamais ie ne me fusse apercen de celà : ho la grand' finesse.

S I. Tu n'as pas encores tout ouy. Ainsi que ie disoys que tu entrasses leans, voicy tout apoinct au deuant.

D A Ha, voylà tout gasté, nous sommes perdus.

S I. Ie luy compte tout ce que tu m'auois dit

dit nagueres.

D A. Qu'eſt-ce cy que ie luy oy dire.

S I. Ie le requier de me donner ſa fille, ce que à peine ay-ie peu impetrer de luy.

D A. Me voylà mort.

S I. Hen, que dis tu?

D A. Ie dy ſire que ce a eſté tresbien faict à vous.

S I. Maintenãt, il ne tient plus à luy que tout ne ſe face.

C H. Ie men voys de ceſte heure à mon logis, & commauderay que tout ſoit preſt tantoſt vous me reuerrez icy.

S I. Reſte que ie te prie, Dauns, puis que toy ſeul as eſté cauſe de ces noces.

D A. Comment dites vous cela? moy ſeul?

S I. Metz peine deſormais à corriger & chaſtier mon filz.

D A. En bonne foy ſire ie le feray diligemment.

S I. Tu en as bonne ocaſion, maintenant que ſon eſprit eſt pertroublé de courroux.

D A. N'en ayez plus de ſoucy.

S I. Or fay le donc. Ou eſt il à ceſte heure?

D A. Ie me doute qu'il eſt à la maiſon.

S I. Ie m'en voys donc à luy, & le meſme que ie t'ay dit, ie luy reciteray.

D A.

D A. Ie puis bien à prefent dire que c'eft
faict de moy, mon cas eft defpefché, net.
Qui me tient que ie ne m'en voyfe maintenant tout d'vn beau chemin à la meule?
D'efpoir, quand aux prieres, vne fois il
n'y en ya plus, les pardons font paffez: i'ay
tout entierement brouillé le mefnage. I'ay
trompé & abufé le vieillart. I'ay ietté mon
maiftre Pamphilus au beau meilleu de ces
nocés. I'ay faict qu'auiourd'huy, contre
fon opinion & vouloir, elles fe depefche-
ront. Oó la mefchanceté ! Si ie me feuffe
deporté, rien ne fuft de tout cecy. He, le
voicy que ie voy venir. Ie fuis d'eftruict,
Pleuft à Dieu que ie peuffes icy trouuer
quelque lieu pour me ietter du hault en
bas.

SCENE CINQI-
efme.

Pamphilus, Dauus.

P A M. Ou eft-il ce mefchant, qui m'a de
ftruit?

D A. Ie fuis perdu,

P A M.

P A M. He par mon ame il fault que ie confeſſe le cas eſtre auenu à bon droit, & ſelon que i'ay merité, puis que ainſi eſt que ie ſuis ſi laſche à mes affaires, & de ſi peu d'auis, auoir commis tout mon conſeil, toute mon affaire à vn ſeruiteur ſans ceruelle! C'eſt bié raiſon que i'en porte la folle enchere: toutesfois qu'il n'en partira pas ainſi ſans punition.

D A. Ie ſuis ſeur d'eſtre par cy apres en ſauueté, ſi ie puis vne fois eſchaper ceſte fortune.

P A M. Mais quelle reſponce pourray ie à ceſte heure re⟨…⟩ e à mon pere? diray ie que ie ne veulx plus maintenant de celle que ie luy auoys promis eſpouſer? par quel le hardieſſe ou impudence le pourrois-ie iamais auoir dit? Or ne ſçay-ie plus que ie puiſſe faire de moy.

D A. Ne de moy auſſi, & c'eſt ce qui me faſche maintenant, & en quoy ie trauaille le plus. Que fault il que ie face? il fault que ie luy dye que ie controuueray encores quelque choſe, à fin de prendre quelque delay à ceſte mienne faulte.

P A M. Oh.

D A. Il m'a veu.

P A M.

P A M. Aproche, aproche gentil veau, que
veulx tu dire à ceste heure? me voy tu pas
pauure miserable, empesché, & embrouil-
lé par ton beau conseil.

D A. Monsieur n'ayez peur, ie vous en
deliuraray tout incontinent.

P A M. Tu m'en deliuras?

D'A. Monsieur ie vous en asseure.

P A M. La donc, tu ne sçaurois plus tost
que maintenant.

D A. Plus tost le ferois, si i'auoys le temps

P A M. Oh, que ie m'en fie en toy, mes-
chant que tu es! feras tu qu'vne chose per-
duë & embrouillée se r . sse restaurer? Voy
là mon beau conseil . vo, ez en qui ie me
suis fié! Qui m'a d'vne affaire la plus paisible & facile du monde ietté & plongé en
ces malheureuses noces . N'auois-ie pas
bien deuiné qu'il m'en auiendroit tout
autant?

D A. Il est ainsi.

P A M. Et bien donc? qu'as tu merité pour
celà?

D A. La corde. Mais monsieur ie vous suplie me laisser vn peu reprendre mon alai-
ne, & penser à moy. Ne vous souciez, i'au-
ray bien tost trouué encores quelque aul-

tre

tre chofe

ɟ A M. O Dieu, que n'ay ie l'efpace de te
chaftier & me venger de toy à mon plai-
fir:mais l'heure prefente requiert pluftoft
que i'entende à mon affaire, que de penfer
à vengence. Tay toy.

ACTE QVATRI-
efme.

Scene premiere.

Carinus, Pamphilus, Dauus.

ɢ A. Qui l'euft iamais creu, ou qui iamais

mais eut memoire d'auoir veu ou cogneu
en d'aucunes gens si mauuais voüloir, &
peruerse fantasie, qu'ilz se voulsissent res-
iouir du mal d'autruy, & du dommage de
leur prochain fissent leur singulier profit,
est il vray ? Eh croyez m'en pour certain
que telle maniere de personnes sont tres
meschantes. Mais considerez moy vn peu
la petite grace qu'il ont eu à faire semblât
de le nyer pour la premiere fois, maintenant qu'ilz voyét le temps de la promesse
estre escheu, c'est bien force qu'ilz se des-
couurent tout à faict, & facent des hon-
teux, & toutesfois necessité les contrainct
à ce faire. Voylà leurs belles excuses, &
deffenses bien eshontées qu'ilz ont : mon
amy qui estes vous ? que m'estes vous ? à
quel propos vous lairray-ie la mienne ? ne
me suis-ie pas plus prochain qu'à vn aultre ? Ce neantmoins, si vous les venez à
sommer de promesse, mot, il ont àlors tou
te honte perdue, la ou il en est de besoing
ilz ne sont auicunemét hôteux: ou il n'en
est nul mestier, c'est là ou vous les verrez
craindre le plus, mais que dois-ie faire?
m'en iray ie vers luy, pour l'acuser de ceste
iniure qu'il me faict? Ie suis asseuré que io
luy

luy feray bien de la facherie? quelqu'vn
me dira:a a vous n'y gaignerez rien, si feray i'y gaigneray. beaucoup : car pour le
moins ie luy donneray de l'ennuy, & si
i'acompliray vne partie de ma volunté.

P A M. Carinus mon amy, par auoir mal
entendu à mes affaires ie me suis auiour-
d'huy destruit, toy, & moy, si les Dieux
ne nous regardent en pitié.

C A. N'est-ce que cela? sans y penser, l'ex
cuse a esté trouuée à la fin, t'en voylà bien-
& beau acquité de ta foy.

P A M. Qu'est ce à dire à la fin?

C A. Me penserois tu bien encores abuser de tes parolles?

P A M. Ho ho, que sera ce cy?

C A. Apres que ie t'ay eu descouuert mõ
secret touchant cest amour, la dame t'est
venuë à gré. Ah pauure homme que ie suis
i'ay bien à la fin cogneu ta volunté par la
mienne.

P A M. Mon amy tu t'abuses.

C A. Ne t'a ce pas encores esté ioye assez
susisante de l'auoir, sans encores abuser vn
pauure amoureux de belles parolles, sans
ce que tu me tinsses si long temps en vai-
ne esperance ? Or tienne soit, ayes là? ie te
la laisse.

la laiſſe.

P A M. Que ie l'aye? ah pauure homme
tu ne ſçez pas encores les grandz maulx &
dangers auſquelz ie ſuis à preſent, & les
grandes faſcheries que ce mien bourreau
cy m'a forgées.

C A. Qu'eſt-ce de merueille, puis que toy
meſmes luy donnes exemple de ce faire?

P A M. Tu ne dirois pas celà, ſi tu me co
gnoiſſois bien, ou l'affection dequoy ie
ſuis.

C A. Ho i'entens bien, il y a long temps
que tu ne ceſſes d'eſtriuer & debatre contre ton pere,& pour ceſte cauſe maintenãt
il en eſt fort courroucé contre toy, & ne
t'a peu auiourd'huy contraindre de l'eſpouſer.

P A M. Mais du contraire (encores voy
ie que tu n'entens pas bien mes faſcheries)ces noces ne s'apreſtoiét pas pour moy,
& n'y auoit perſonne qui pourchaſſaſt
me donner femme.

C A. Ie ſçay bien. u y as eſté contrainct
de ta bonne volunté, n'eſt-ce pas celà?

P A M. Demeure, tu n'entens pas.

C A. I'entens bien celà, que tu la dois eſpouſer.

P A M.

PAM. Tu me romps la teste, entens feulement ce que ie te veulx dire : iamais ne ceſſa d'eſtre apres moy, pour me faire dire à mon pere que ie la prendroys, & m'en a tant admoneſté, prié, conſeillé, qu'à la fin il a fallu que ie l'aye fait.

CA. Qui à ce eſté?

PAM. Dauus.

CA. Dauus!

PAM. Il me gaſte tout mon verd, il trouble tout

CA. Comment celà?

PAM. Ie ne ſçay, ſi ce n'eſt que ie penſe les Dieux auoir eſté courroucez contre moy, à cauſe que ie luy ay trop preſté loreille.

CA. As tu faict celà Dauus?

DA. Ie l'ay faict.

CA. Hen? que dis tu meſchant, que les Dieux te puiſſent donner auiourd'huy mort ſemblable à tes meffaictz ! Vien ça dy moy, ſi tous les amys de ton maiſtre le vouloient ietter en ces noces, quel conſeil luy donneroient ilz autre que ceſtuy que tu luy donnes?

DA. I'ay eſté abuſé, toutesfois encores ne ſuis ie pas laiſſé Dieu mercy.

CA.

C A. Ie l'entens bien.

D A. S'il nous est mal venu de ce costé, il fault esprouuer vn aultre chemin. Penseriez vous pourtant si du premier le cas ne nous est pas bien venu à gré, que ce soit à dire que nous ne puissions encores bien reduire le mal à bonne santé?

P A M. Vrayement ie le croy tresbien: car si tu y veulx vne fois trauailler, d'vne noces tu es homme pour nous en faire deux.

D A. Monsieur, ie confesse bien que pour l'obeïssance & seruice que ie vous doy, ie suis tenu à vous de m'efforcer piedz & mains, nuict & iour, & mettre mon corps en danger pour vous ayder: mais aussi aucunesfois s'il m'auient quelque chose outre ma pensée, c'est à vous de me le pardōner. Si ce que ie faiz, ne m'est venu bien à propos, ce n'est pas à dire, que ie l'aye faict en grand' peine & diligēce. Ou vous plaise cercher meilleur moyen d'en eschaper, ou bien de ne vous seruir plus de moy.

P A M. I'en suis content, ie ne demande pas mieulx, remetz moy donc en l'estat ou tu m'as prins.

D A. S'il ne tient qu'à celà, ie le feray facilement.

cilement.

P A M. Mais il fault que ce soit tout à ceste heure.

D A. Ie le veulx, mot laissez m'en faire:
i'ay ouy bruire l'huys de Glycerium.

P A M. Ne te soucie point de cest huys,
pense à ce que ie t'ay dit.

D A. Ie cerchoys quelque conseil.

P A M. Or sus, l'auras tu meshuy trouué?

D A. N'ayez peur ie le vous liureray tou
maintenant.

SCENE DEVXIES-
me.

Mysis.	Pamphilus.
Carinus,	Dauus.

M Y. En quelque lieu qu'il soit, ie le vous
trouueray tout incontinent, & vous ame-
neray icy quant &moy vostre Pamphilus.
Cependent ma dame m'amye, ie vous suplie ne vous chesmez point.

P A M. Mysis?

M Y. Qu'est'ce? aa Pamphilus, ie vous ay
rencontré tout à propos.

H   P A M.

P A M. Qui a il?

M Y. Madame m'a commandé de vous fuplier, fi vous l'aymez, que vous vous tranfportiez tout à cefte heure par deuers elle: & dit qu'elle a grand defir de vous veoir.

P A M. Ah ie fuis perdu, ce mal me rengrege d'heure en heure, fault il coquin que par ton mefchant confeil, moy & elle paures defolez, foyons tormentez en cest eftat? La pauure dame me fait apeller, pour ce qu'elle a entendu que ces noces s'apareilloient pour moy.

C A. Voire, defquelles Ion fe fuft trefbien paffé, & n'en euft on fait aucune mention, fi ceftuy cy s'en fuft teu.

D A. Là là, s'il n'eft affez enflambé de luy mefmes, metz luy encores le feu d'auange.

M Y En dea monfieur, vous dites vray, c'eft voyrement la caufe pour laquelle la pauure dame eft maintenant en fi grand'triftesse.

P A M. Myfis ie te iure & prometz par tous les dieux qui font là hault, de iamais ne la delaiffer: non, fuft il meftier de me faire ennemy de tant de gens qui font auiourd'huy en ce monde. C'eft celle que i'ay

ii

i'ay defirée & choyfie entre mille , elle m'eft efcheuë, fes mœurs & complexions m'agréét, voyfent au dyable ceux qui tafchent mettre difcord entre nous deux: autre que mort, nul ne me l'oftera iamais.

c A. Me voylà hors de crainte.

P A M. Ne penfe point, que la refponfe d'Apollo foit plus certaine que celle que ie te dy. Vray eft que s'il fe pouuoit faire, que mon pere n'euft point ce foufpeçon, qu'il euft tenu à moy que ces noces euffent efté defpefchées , i'en ferois bien content de celà. Mais encores s'il ne fe pouoit faire, puis que le cas eft defia tant en branfle, ie luy donneray du tout à cognoiftre que veritablement c'eft à moy à qui il tient. Que penfes tu que ie foys?

c A. Aufsi pauue & miferable que moy.

P A M. Or maintenât il me fault retourner au confeil.

c A. Et toy fage, ie fçay bien à quoy tu tafcherois voluntiers.

D A. Mon maiftre ne vous fouciez, ie vous rendz voftre cas tout net.

P A M. Il faudroit donc que ce fuft maintenant.

D A. Ie l'ay defia tout cerché.

H ii

C A.

C A. Qu'eft ce donc? dy le nous?

D A. C'eft pour mon maiftre que ie l'ay, non pas pour vous, à fin que ne vous en a-bufiez.

C A. Il me fuffit.

P A M. Mais viença ie te prie, dy moy, que feras tu à cecy?

D A. I'ay grand' peur que ie n'aye pas af-fez d'vn iour tout entier pour le faire, voy ez fi i'auroys loyfir de le vous reciter tout au long. Au furplus ie vous prie retirez vous d'icy tous deux, vous ne me faites qu'empefcher la place.

P A M. Ie m'en voys donc ce pendant la vifiter.

D A. Et vous, ou eft ce que vous retirez?

C A. Veux tu que ie te conte la verité? Dauus.

D A. Or la de par Dieu, ie le veulx bien nous aurons tautoft quelque beau narré.

C A. Que demanderay-ie? que fera il fait de moy?

D A. Dea, fafcheux que vous eftes, ne vous doit il pas fuffire que ie vous face donner vn petit iour de delay, pendant que ie fe-ray retarder les noces de mon maiftre?

C A. Dauus, à tous le moins.

D A.

D A. Quoy donc.

c A. Que ie l'eſpouſe.

D A. Trut auant.

c A. Fais tant que tu retournes icy vers moy, ſi tu peux.

D A. A quoy faire, auſsi bien n'ay ie rien pour vous.

c A. A tout le moins s'il y auoit.

D A. Or bien, i'y reuiendray.

c A. S'il y auoit, ie ne bougeray du logis, entens tu?

D A. Toy Myſis, atens moy cy vn bien petit iuſques à ce que ie retourne.

M Y. Pourquoy faire?

D A. Il le fault en ceſt eſtat.

M Y. Mais deſpeſche toy donc.

D A. Ie ſeray incontinent retourné.

SCENE TROISIES-
me.

Myſis.

M Y. Y a il riens auiourd'huy perpetuel à la perſonne, foy que ie dois à tous les dieux, i'euſſe penſé que ce Pāphilus deuſt

H iii   eſtre

eſtre tout le bien de ma maiſtreſſe, tout ſon amour, ſon ſoulas, homme preſt & apareil lé pour elle en tout & par tout. Maintenãt voyez l'ennuy, la faſcberie que la pauure dame prent à cauſe de luy : Ie vous aſſeure qu'il y a plus de mal du coſté d'elle, qu'il n'y a de bien du coſté de luy . Mais voy là Dauus qui ſort . Mon amy qu'eſt celà hau, ou portes tu ceſt enfant?

SCENE QVATRI-
eſme.

Dauus.   Myſis.

D A. Myſis ſcez tu qu'il ya, il eſt maintenant beſoing de monſtrer s'il ya quelque prompte memoire, ou fineſſe en ton corps.

M Y. Que nous veulx tu icy commencer de nouueau?

D A. Tien, prens moy ceſt enfant legerement. & le metz deuant noſtre porte, entens tu?

M Y. Mais ie t'en prie! le mettray-ie tout nud ſur la terre?

D A. Prens vn peu d'herbe ſur ceſt autel,
& la

& la iette deſſouz luy.

M Y. A quoy tient que tu ne le faitz toy meſmes?

D A. Affin que s'il eſtoit meſtier de iurer à mon maiſtre, que ie ne luy euſſe point mis, ie le peuſſe faire plus ſeurement.

M Y. A i'entens bien. Eh mon amy, ie te demande dont t'eſt venu ceſte nouuelle conſcience!

D A. Or ſus, depeſche, ſera ce tantoſt fait? à fin que ie te die le reſte de ce que i'ay intention de faire. Aa vertu bieu?

M Y· Ie ne t'entens point.

D A. Moy d'autre part, ie faindray venir du coſté de la main droite : & toy regarde bien quand ce viendra que ie parleray, de me reſpondre de meſmes, ſelon qu'il en ſera beſoing.

M Y. Ie n'entens pas bonnement que c'eſt que tu veulx faire : mais s'il y a quelque choſe en quoy ie te puiſſe ayder, il ne tiendra pas à demeurer icy, à fin que ton profit ne ſoit retardé par ma faute.

H iiii　　　Scene

SCENE CINQVI-
esme.

Chremes.　　Myſis.　　Dauus.

C H R. Me voyla retourné, i'ay Dieu
mercy apreſté tout ce qu'il fault aux noces de ma fille, il ne reſte plus que ſemondre. Ho qu'eſt ce là ? à Dieu c'eſt vn enfant parle hau Guillemette, a ce eſté toy
qui l'a mis en ceſte place?

M Y. Mais, ou eſt ce qu'il s'en eſt allé?

C H R. Ne me réſponds tu point, dy?

M Y. Ie l'ay deſia perdu de veuë pauure
deſolée que ie ſuis. Ceſt homme m'aura
cy laiſſée toute ſeule, & s'en ſera allé.

D A. Hen, vertu de moy dieu, la grand'
foulle qu'il y a au marché, eh qu'il y a de
plaideurs au parquet : & ſi croyez que les
viures ſont bien chers, à Dieu, ie ne ſçay
qu'en dire.

M Y. Vrayement tu as bon foye, ie t'en
ſçay bon gré de m'auoir laiſſé icy toute
ſenle.

D A. Ho ho, quelz beaux ieux ſont cecy
Myſis? eh d'ou eſt ceſt enfant? qui eſt-ce
qui

qui l'a cy aporté?

MY. Mais ie croy que tu radottes, de me le demander.

DA. A qui voudrois tu donc que ie le demandasse? quand ie n'y voy autre que toy.

CHR. Ie suis esbahy à qui il peust estre.

DA. Me respondras tu à ce que ie te demande, dy?

MY. Au.

DA. Retire toy à main droite.

MY. Mais es tu fol ou yure, te souuient il plus que toy mesmes.

DA. Si tu me responds huy vn seul mot qu'à ce que ie te demanderay, preus bien garde à toy de parler.

MY. Me viens tu icy dire iniure?

DA. D'ou est il, chante hault & cler.

MY. De chez vous.

DA. Ha he. Ce n'est pas de merueilles si ceste paillarde monstre maintenant sa honte.

CHR. A ce que ie puis entendre ceste chambriere est de chez l'Andrie.

DA. Vous semble il que ce soit à nous, à qui il faille iouer de telles bourdes?

CHR. Ie suis venu tout à temps.

DA.

D A. Sus defpefche, ofte moy ceft enfant
hors de deuant cefte porte: demeure, garde toy bien de partir d'icy.

M Y. Au diable fois tu mefchant, tant tu
me faitz de peur.

D A. Or fus, à qui parlay-ie?

M Y. Que veux tu que ie face?

D A. Encores le demandera elle? Viença?
de qui eft ceft enfant, que tu as mis deuant
ceft huis? diras tu?

M Y. Comme fi tu n'en fçauois riens?

D A. Ne te foucie que ie fçache, refpõds
à ce que ie te demande.

M Y. Il eft de voftre maifon.

D A. De qui, de noftre maifon?

M Y. De Pamphilus.

D A. Quoy? de Pamphilus?

M Y. Voire de Pamphilus, fait il bien de
l'eftonné.

C H R. A bon droit, ay-ie toufiours re-
fufé de faire ces noces.

D A. O la grand' mefchanceté.

MY. Qu'as tu à crier.

D A. N'eft ce pas ceftuy la que ie vis hier
au foir porter chez vous?

M Y. O le grand menteur.

D A. Si fçay ie bien que i'y ay veu entrer

trer ceſte vieille Canthara, toute greſſeu-
ſe.

M Y.   I'en remercie Dieu, qu'il s'y eſt.

C H R.   Si ay, depuis le commencement.

D A.   Mais en bône foy, Sire, l'auez vous
ouy: O les grandes tromperies : Il la vault
mieux empoigner ceſte maraude,&la me-
ner ſouz la courtine pour luy donner le
fouet. Voys tu bien ceſt homme cy, le cognois tu point? Aa ne te penſe pas tromper Dauus, non.

M Y.   O moy pauure femme, en dea bon
pere grand pardônez moy s'il vous plaiſt,
ie ne penſe auoir riens dit, qu'il ne ſoit
vray.

C H R.   I'entens bien celà. ie ſçay tout
ſur le doigt : mais Simo eſt il leans?

D A.   Ouy ſire il y eſt.

M Y.   Ne me viens point toucher meſchant, tu verras ſi ie ne conte pas bien
toute ta vie à ma dame Glycerium.

D A.   Et va he ſotte:tu ne ſcez le bien que
tu as fait.

M Y.   Ie n'ay que faire d'en ſçauoir autre
choſe.

D A.   Ceſtuy là que tu as veu deuoit eſtre
le beau pere de mon maiſtre : nous n'euſſions

fions fceu mieux que nous auôs fait, pour
luy donner à cognoiftre noftre cas.

M Y. Et donc, que ne m'en auois tu a-
uertye par auant?.

D A. Penfes tu qu'il n'y ayt pas grand'
difference de faire tout felon le naturel, ou
par fainte.

SENE SIXIESME

Crito. Myfis. Dauus.

C R I. Il m'eft à voir que c'eft en cefte
place que l'on m'a dit que Cryfis fouloit
demeurer, celle qui a mieulx aymé gaigner de l'argent deshonneftement en cefte ville, que de viure honneftement &
pauurement en fon païs. Par fon decez
tous fes biens de droit lignagé me retour-
nent, & en dois eftre feul heritier. A ie voy
cy des gens à qui il vault mieulx que ie le
demande, Dieu vous doint ioye.

M Y. Mais en bonne foy, qui eft ceftuy
cy que ie voy? ne feroit ce point bien Crito le coufin de ma dame Cryfis? ma foy
c'eft il.

C R I.

CRI. O Myſis, Dieu te gard.

MY. He Dieu vous gard, ſire Crito.

CRI. Comment? Cryſis s'en eſt elle bien ainſi allée à Dieu?

MY. Mon amy elle nous à toutes deſtruites.

CRI. Et puis, vous autres comment vous va en ce païs? vous y trouuez vous bien?

MY. Mon amy, ainſi que nous pouuons (comme on dit) puis que comme nous voulons n'eſt poſsible.

CRI. Et bien, Glycerium, quoy ? a elle point encores retrouué icy ſes parens?

MY. Helas pleuſt à Dieu.

CRI. Comment ne les à elle point enco res retrouuez? ie ne ſuis donc pas bien arriué, corbieu, ſi ie l'euſſe ſçeu, ie n'euſſe huy mis icy le pied : car lon l'a touſiours dite, & tenuë la ſeur d'elle. Ie me doute bien qu'elle aura herité des biens : & moy maintenant qui ſuis eſtranger, de venir plaider en ce païs, ie ſçay bien par exemple d'aultruy, que ce n'eſt pas mon plus court, ne mon meilleur: d'auantage, ie ne doute point qu'elle n'ayt deſia acquis icy quelque amy, qui la puiſſe deffendre: car quand elle partit de là elle eſtoit deſia toute grande

te grandelette. Ilz diront que ie feray vn
efcornifleur, que ie feray icy venu deftrui-
re les mineurs: que ie feray vn mengeur de
biens d'aultruy: & puis, quand tout eft dit
par mon ame ce ne fera pas la raifon de
defpouiller la pauure fille de fi peu qu'elle peult auoir eu de cefte fucceffion.

M Y. En dea fire Crito vous dittes trefbien, & vous fçay bon gré, de garder encores les bonnes & anciennes couftumes.

C R I. Ie te prie, meine moy vers elle: car
ie ne fuis gueres icy venu pour aultre chofe que pour la voir.

M Y. Allons fire.

D A. Ie fuiuray ceulx icy: car ie ne veulx
point, que le vieillard me voye plus à cefte
heure.

ACTE CINQ IES-
me.

Scene premiere.

Chremes

Chremes, Simo.

C H R. C'eſt aſſez Simo, c'eſt aſſez ie cognois maintenāt trop la belle amytié que
vous m'auez portée, ie vous prie qu'il n'en
ſoit plus parlé, & mettez fin à voz ſupli-
cations : car en vous penſant faire plaiſir
& ſeruice i'ay qu'aſi mis la vie de ma fille
en grand danger.

S I. Eh ſire Chremes, ne vous faſchez
point, ie vous requier bien fort & ſuplie
treſgrandement que le plaiſir & accord ia
de long temps commencé de parolles entre nous deux, ſoit maintenant confirmé
par effect.

C H R. Cōſiderez l'importunité que vous
me faites, par la grande auidité que vou
                                    auez

auez d'acomplir ce que vous defirez eftre
faiſt vous n'auez aucun efgard, ne à l'ho-
nefteté ne aufſi à ce que vous me requerez
Et ſi vous y penſiez tànt ſoit peu, vous de-
porteriez de me charger & onerer de tant
d'iniures.

ſ i. Quelles iniures?

c h r. Le me demandez vous ; Ne m'a-
uez vous pas contraint par prieres de bailler ma fille, en incertain mariage & diuor-
ce, à vn ieune fulaftre detenu & occupé
en aultre amour , & qui n'eut oncques af-
fcſtiou à mariage ſeulement: à fin que par
le malheur & melancolie de ma fille, ie
peuffe remedier aux faultes de voftre filz.
Or auez vous impetré celà de moy, ie l'ay
commencé pendant que l'oportunité s'y
eft adonnée, maintenant elle ne s'y adonne plus: parquoy il vous plaira prendre en
patience . Lon dit qu'elle eft bourgeoiſe
de cefte ville: elle à eu vn enfant. Et pourtant ne nous en parlez plus.

ſ i. Ie vous requier pour l'honneur de
Dieu ſire Chremes , que ne vueillez pre-
fter l'oreille à ceulx, à qui il plaift vous
perfuader, & qui auroient plaiſir que mon
filz fuft de mauuais gouuernemēt. Croyez
que

que ce font toutes chofes faintes, inuen-
tées & controuuées, à caufe de ces noces
cy. Si cefte ocafion pour laquelle ilz con-
trouuét telles bourdes leur eftoit vne fois
oftée, vous les verriez tantoft bien taire.

C H R. Vous vous abufez: car i'ay veu moy
mefmes la chambriere en prendre noyfe
auec Dauus.

S I.   Ie l'entens bien.

C H R.   Mais fçauez vous de quelle forte?
comme fi nul d'eulx ne m'euft aperçeu en
la place.

S I.   Ie croy tout celà: car aufsi Dauus
m'auoit ia long temps amonefté de ceft
affaire: & fi auoit encores quelque aultre
cas que ie m'eftoys auiourd'huy oublié de
vous dire.

SCENE SECON-
de.

Dauus, Chremes, Simo, Dromo.

D A.   Prenez bon courage, ne vous faf-
chez point à mon affeurance.

C H R.   Or fus voicy voftre Dauus venir.

I   S I.

s ı. D'ou eſt ce qu'il ſort là?

D A. Par le moyen de moy & de ceſt e-
ſtranger.

s ı. Quelle folie ſera ce cy?

D A. Ie ne veis iamais homme venir plus
commodement, ne mieulx à temps, & à
propos.

s ı. Qui eſt-ce que ce meſchant cy priſe
tant.

D A. Tout noſtre cas eſt maintenant à
port.

s ı. Qu'attens ie tant à parler à luy?

D A. Voicy mon maiſtre, qu'eſt-il bon
que ie face?

s ı. O Dieu gard le compagnon.

D A. A maiſtre, O ſire Chremes, tout eſt
leans, il ne fault plus qu'entrer.

s ı. C'eſt bien beſongné à toy.

D A. Quand il vous plaira, il ne les fault
que faire venir.

s ı. Tu dis tresbien vrayment : car auſſi
mon filz n'y eſt pas maintenant. Mais o-
ſes tu bien me faire ceſte reſponce? Viens
çà? d'ou viens tu? qu'as tu à faire leans d'ou
tu viens?

D A. Qui moy?

s ı. Ouy.

D A.

D A. A moy?

s I. Ouy, à toy, ouy.

D A. Il n'y à gueres que i'y estois entré.

s I. Comme si ie te demandoys combien
de temps il y a.

D A. I'y suis entré auec vostre filz.

s I. Mon filz Pamphilus est-il donc leans?
aa i'enrage tout vif. Et vien ça bourreau,
ne m'auois tu pas dit, qu'il y auoit noyse
entre eulx deux, dy?

D A. Aussi est-il vray, sire.

s I. Que faict il donc leans à ceste heure?

C H R. Que voudriez vous qu'il y fist, il
tance auec elle.

D A. Mais bien d'auantage, sire Chremes
s'il vous plaist ie vous compteray vne mes-
chanceté bien plusgrande. Nagueres que
vn certain vieillart est arriué leans: si vous
le voyez, vous diriez bien que c'est vn
homme de care, & d'honneur : à son visa-
ge, vous ne faudriez iamais à le iuger personnage de grand' estoffe. Il vous a vne se-
uerité triste au visaige, & monstre grande
fidelité en ses parolles.

s I. Quelles nouuelles nous aportes tu
icy?

D A. Riens ma foy sire, sinon ce que ie

luy ay ouy dire.

s i. Et bien que dit il de bon par ses raisons?

d a. Qu'il dit? il dit qu'il sçait pour tout
certain , que Glycerium est bourgeoise
d'Athenes.

s i. Hau Dromo, Dromo.

d r o. Qu'esse qu'il ya?

s i. Dromo.

d a. Sire encores vn petit mot.

s i. Si tu me viens plus rompre le teste,
Dromo.

d a. Sire encores vn petit mot, s'il vous
plaist.

d r o. Que voulez vous?

s i. Depesche, trousse moy ce galãt hault,
entens tu?

d r o. Lequel?

s i. Dauus.

d a. Eh pourquoy sire?

s i. Pource qu'il me plaist, empoigne le,
te dy-ie.

d a. He sire, que vous ay-ie faict?

s i. Empoigne.

d a. Sire, si vous trouues, que ie vous
aye menty d'vn tout seul mot, ie suis content que me faciez mourir.

s ı. Ie n'oy plus goute, croy que ie te feray tantost eschauffer ton dos.

d a. Toutesfois si est-il vray ce que ie
vous dy.

s ı. Ce pendant, ie veulx que tu me le
garrotes estroitemét, & le gardes bien soi
gneusement : mais sçes tu quoy, qu'il me
soit guyndé à quatre piedz & que lon se
despesche, as tu faict? Tiens toy seur de
cela que si ie vis encores auiourd'huy, ie
te monstreray que c'est à dire, & quel danger il y a de tromper ton maistre, & à luy
aussi de tromper son pere.

c h r. Ah ne vous colerez pas si fort sire
Simo.

s ı. Chremes voyez vous pas bien l'ho-
nesteté de mon filz? n'auez vous point de
compassion & pitié de moy, qui ay prins
tant de peine pour esleuer vn tel enfant?
Or sus Pamphilus, Sortez Pamphilus,
n'ayez point de honte non.

SCENE TROISI-
esme.

Pamphilus, Simo, Chremes.

I iii   P A M.

PAM. Qui eſt-ce qui m'apelle? Ah ie ſuis deſtruit, c'eſt mon pere.

SI. Que veulx tu maintenant dire de tous.

CHR. Dittes luy pluſtoſt tout d'vn beau train ce que luy voulez, & me laiſſez là ces iniures.

SI. Comme ſi lon luy pouuoit dire aſſez de meſchancetez. Et bien que t'en ſemble, ta Glycerium eſt elle bourgeoiſe?

PAM. On le dit ainſi mon pere.

SI. On le dit ainſi? o l'aſſeuré menteur! voyez s'il penſe à ce qu'il doit dire? voyez s'il a quelque repentence de ſon faict? voyez ſi ſa couleur ſignifie ou denote quelque ſigne de hôte? Eſt il poſſible qu'il ſoit de ſi meſchant courage, que contre la loy & couſtume des citoyens de ceſte vil- le, & encores oultre le vouloir de ſon pere, il vueille auoir ceſte meſchante à ſon gráđ deshonneur.

PAM. O deſolé que ie ſuis!

SI. Pamphile, ne t'en aperçois tu enco- res que de ceſte heure? Aultresfois de cela meſmes, aultresfois t'en ay-ie reprins, que quand la fantaſie te prenoit, tout ce que tu deſirois, quelque danger qu'il en deuſt auenir,

auenir, il failloit que tu le fiſſes : auiour-
d'huy tu voys bien comment il t'en prent
mais ne ſuis-ie pas plus beſte moy meſmes?que gaignay ie à m'en tant tourmen-
ter ? à quoy eſt ce que ie m'en romps tant
la teſte ? à quel propos moleſte-ie tant ma
pauure vieilleſſe pour la folye de ce ſot
icy ? Fſt-ce pour porter le dommage & la
peine de ſes offences? Or qu'il ayde, qu'il
en iouiſſe tout ſon ſaoul, qu'il viue auec
elle.

P A M. Mon pere.

S I. Quoy mon pere ? comme ſi tu auois
encores affaire d'vn tel pere. Tu as trouué
maiſon, femme, enfans, oultre le vouloir
de ton pere, on a amené gens qui diſent
qu'elle eſt bourgeoiſe de ceſte ville : or de
par Dieu ſoit, ie te le donne gaigné.

P A M. Mon pere,vous plaiſt il que ie die
encores vn mot.

S I. Que me ſçaurois tu plus que dire?

C H R. A tout le moins Simo eſcoutez
le vn peu.

S I. Que ie l'eſcoute, qu'eſt-ce que i'eſ-
couteray Chremes?

C H R. Aumoins laiſſez luy compter ſes
raiſons.

s i. Or bien qui les dye, i'en suis content à celà ne tienne.

ᴘ ᴀ ᴍ. Ie confesse d'aymer ceste cy : si celà est failly, ie le confesse semblablemét. Mon pere ie me rends à vous, ordonnez moy telle charge qu'il vous plaira : commandez, vous plaist-il que ie soye marié? vous plaist il que ie laisse ceste cy ? ie l'endureray tant qu'il me sera possible. Tant seulement ie vous prie de celà, que vous ne vueillez auoir ceste opinion de moy, que i'aye suborné ce vieillart, permettez s'il vous plaist que ie m'en excuse enuers vous, & que ie le vous amene cy en vostre presence.

s i. Que tu me l'amenes?

ᴘ ᴀ ᴍ. Mon pere, soyez en content.

ᴄ ʜ ʀ. Il ne demande que la raison, pardonnez luy.

ᴘ ᴀ ᴍ. Permettez que i'obtienne celà de vous mon père.

s i. Bien ie le permetz, ie suis trescontent de tout, pouruee que cestuy cy ne me vienne point abuser Chremes.

ᴄ ʜ ʀ. Pour vn grand peché d'vn sien filz, suffit bien vne petite punition à vn pere.

Scene

SCENE QVATRI-
esme.

Crito, Chremes, Simo, Pamphilus.

CRI. Il suffit ne m'en prie plus: la moindre de ces occasions m'admoneste à ce faire:ou soit l'amour que ie te porte, où à cause de la verité, ou pour le bien que ie porte à ceste Glycerium.

CHR. Il m'est auis que ie voy là Crito d'Aandrie, à Dieu c'est il voyremét. Dieu te gard Crito, & qui t'ameine à c'est heure en Athenes folastre?

CRI. La fortune l'a ainsi voulu, mais n'est-ce pas cy le bon homme Simo?

CHR. C'est-il en personne.

SI. Est ce donc moy que tu demandes? viens ça, est-ce pas toy, qui dis que Glycerium est bourgeoise de ceste ville?

CRI. Pourquoy donc celà, voudriez vous dire le contraire?

SI. Est tu venu si chauldement en ceste ville pour nous aporter ceste belle nouuelle?

CRI. A quel propos?

SI.

SI. Le demandes tu? penserois tu en eschaper en cest estat? viens tu icy par tes belles promesses & sollicitations seduire & d'esbaucher la bonne nature des ieunes enfans, bien moriginez & nourris, qui ne pensent en aulcun mal, & souz l'vmbre de quelque fraude ou deception?

CRI. Mais est-ce à bon essient que vous dites? ou estes vous fol?

SI. Et viens conioindre & conglutiner l'amour desordonnée d'vne paillarde auec les vrayes noces?

PAM. Ie suis perdu, Dieu que i'ay peur que cest estranger ne demeure vaincu!

CHR. Escoutez Simo, si vous cognoissiez bien qui est ce personnage, vous ne penseriz pas celà de luy: ie vous asseure qu'il est homme de bien.

SI. Voulez vous dire qui soit homme de bien? est il venu icy tout à propos sur le poinct de ces noces, comme si iamais au parauant n'y eust esté? Seriez vous d'auis que ie l'en creusse de ce qu'il dit Chremes.

PAM. Si ce n'estoit que ie crains mon pere, i'ay bien quelque chose à propos pour l'auertir sur ce poinct.

SI. Affronteur.

.12   CRI.

CRI. Quoy?

CHR. C'eſt ſa nature Crito, laiſſe le là.

CRI. Qu'il regarde bien à qui il ſe iouë,
s'il pourſuit à me dire ce qu'il luy plaiſt,
il orra poſsible ce qu'il ne luy plaira pas?
Penſez vous que ce ſois-ie qui face cecy,
ou qui m'en chaille aucunement? Si vous
auez commis quelque faulte portez la en
pacience : car quand à moy de ce que i'ay
dit, on pourra bien entendre maintenant
ſi c'eſt la verité ou non. Vn iour auint (&
ya deſia bonne piece) que vn citoyen d'A
thenes fut ietté par fortune de mer, luy &
ſa nauire rompuë, au port de l'iſle d'Andros, & enſemble auec luy ceſte ieune fil-
lette qui pour lors eſtoit bien petite. Luy
par indigence qu'il auoit, de bonne fortune s'adonna premierement au logis du pe
re de Chryſis.

SI. Eſcoutons, voicy le commencement
de la fable.

CHR. He laiſſez le dire.

GRI. Ceſt homme ne me fait que rompre mon propos.

CHR. Ceſt tout vn pourſuyuez.

CRI. Or celuy qui le receut adonc eſtoit
mon couſin germain : & leans i'entendis
do

de cest estranger qu'il estoit d'Athenes, &
mourut en nostre isle.

CHR. Son nom?

CRI. Attendez vn petit, c'estoit Phania.

CHR. Ha, me voylà perdu.

CRI. Toutesfois si pense-ie que c'e-
stoit Phania. C'estoit il veritablement, il
m'en souuient à ceste heure, & se disoil e-
stre Rhamnusien.

CHR. O Dieu!

CRI. Ne pensez pas Chremes que plusieurs aultres que moy ne luy ayent bien
ouy dire, en ce mesme temps, en nostre isle
d'Aandros.

CHR. Pleust à Dieu qu'ainsi fust que ie
desireroys bien : mais venez ça dites moy
sire Crito, de ceste fille qu'en disoit-il? disoit-il qu'elle fust sienne?

CRI. A nenny.

CHR. A qui donc?

CRI. Il me souuient luy auoir ouy dire
qu'elle estoit fille d'vn sien frere.

CHR. Vous verrez, & orrez, que ce sera
la mienne.

CRI. Comment entendez vous celà sire.

SI. Regardez bien à ce que vous dites
Chremes.

Chremes.

PAM. Dresse tes aureilles Pamphilus.

SI. Comment, croyez vous celà?

CHR. Ie le croy, par ce que ce Phania de qui il parle, fut mon frere.

SI. I'entens tresbien celà, i'ay aultresfois cogneu le personage: mais pour celà, quoy que s'en ensuit-il?

CHR. Luy fuyant la guerre, & me suyuant en Asie, se partit de ceste ville: alors il eut honte de laisser ceste fille seulette & la mena quand & soy, depuis maintenant ores aprime i'en oy les nouuelles.

PAM. Ie ne sçay quasi que ie faiz, tant mon esprit est esmeu de crainte, esperance ioye, merueille si grande, bien si soudainement auenu.

SI. Vrayement ie suis ioyeux, que par tant de tesmoignages elle se trouue estre tienne.

PAM. Ie le croy bien mon pere.

CHR. Or n'y a plus qu'vne petite doute qui me met en different.

PAM. Ma foy vous estes digne d'estre enuoyé en religion à tout voftre belle conscience de cordelier, vous cerchez vn nœu sur vn ionc.

CRL

LA I.COMEDIE

CRI. Qui à il donc?

CHR. Le nom ne vient point bien à propos.

CRI. Sans point de faulte, il est vray qu'elle en auoit vn aultre, quand elle estoit petite.

CHR. Quel estoit-il Crito? ne vous en sçauroit il souuenir?

CRI. Ie le cherche.

PAM. Fault-il que ie permette, que la memoire de cestuy cy, donne empeschement à ma grande volupté puis que moymesmes ie puis donner remede en ce cas cy? A ie n'en feray riens. Hau sire Crito, le nom que vous demandez, c'estoit Passibula.

CRI. C'est cestuy là mesmes.

CHR. C'est elle.

PAM. Ie l'ay ouy dire mile fois à elle mesmes.

SI Chremes, ie pense que vous croyez bien qu'il n'y a celuy de nous qui ne soit tresioyeux de cecy.

CHR. Ainsi me vueille Dieu ayder comme ie le croy fermement.

PAM. Bien donc mon pere, que vous reste il plus que ie face maintenāt, estes vou-
coutent

content de moy?

s 1. Il y a ia long temps que les moyens de ceste affaire, t'ont remis en ma grace.

P A M. O le bon pere, le bon pere que i'ayme bien . Or ie pense aussi, que le sire Chremes n'ira point au contraire que ie ne soys possesseur de ceste femme.

c H R. I'en ay grand' rayson, & me sem‑ ble bonne cause; moyennant que vostre pere en soit d'accord, & qu'il n'ayt rien à y oposer.

P A M. Et bien mon pere?

s 1. Moy, ie n'en suis point refusant.

c H R. Pamphile, ie te donne donc pour douaire dix talentz.

P A M. Sire ie les accepte voluntiers:

c H R. Ie m'en vois donc voir ma fille hastiuement, ça sire Crito vous viendrez auec moy s'il vous plaist:car i'ay peur que ie ne la descognoisse.

s 1. Il ne fault seulement que luy mander qu'elle vienne vers vous.

P A M. Vous dites tresbien mon pere, ie m'en voys à present donner la charge à Dauus de ce faire.

s 1. Il ne sçauroit.

P A M. Pourquoy celà?

s i. Pource qu'il a maintenant aultre chose à faire, & de plus grande importance.

p a m. Qu'est ce donc qu'il a tant à faire
mon pere?

s i. Il est en prison.

p a m. Mon pere, ce n'est pas la raison.

s i. Ie ne l'ay pas ainsi commandé.

p a m. Ie vous suplie mon pere, faictes
le deslier & mettre hors.

s i. Ie le veulx bien, i'en suis content.

p a m. Mais bien tost si c'est vostre plaisir.

s i. Ie m'y en voys de present.

p a m. O le iourd'huy bien eureux & gra-
cieux pour moy.

SCENE CINQIES-
me.

Carinus, Pamphilus.

c a. Ie m'en retourne voir que fait de bon
Pamphilus, ha le voicy.

p a m. Possible que quelqu'vn pensera,
que ie ne croye pas celà estre vray : mais si
est-ce, que ie le croy asseurement, & n'en
doute

doute point . Et pourtant ie penfe la vie
des deux eftre perpetuelle d'autant que les
amours, voluptez, & plaifirs font auffi
perpetuelz:car de moy ie m'eftime maintenant auoir acquis immortalité, moyennant que nulle fafcherie furuienne à céfte
ioye & plaifir. Mais qui eft-ce que ie pour
ray maintenant fouhaitter icy, à qui ie
peuffe compter mes bonnes nouuelles?

c A. Quelle ioye peult ce eftre qu'il dit?
P A M. Ie voy là Dauus : il n'y a perfonne
en ce monde que i'aymaffe plus toft auoir
trouué : car ie fuis affeuré, qu'entre mile
luy feul aura ioye folide & ferme de mes
plaifirs.

SCENE SIXIES-
me.

Dauus, Pamphilus, Carinus.

D A. Ou eft-il, ou eft il, ce maiftre Pamphilus.

P A M. Dauus.

D A. Qui eft là?

P A M. C'eft moy, me defcognois tu?

K   D A.

D A. O monſieur?

P A M. Mon amy, tu ne ſçez pas qu'il m'eſt auenu de bon?

D A. Non pas à vous, mais à moy tres-bien.

P A M. Ie le ſçay bien anſſi.

D A. C'eſt ſelon la couſtume, que vous ayez pluſtoſt ſçeu mon mal, que moy le bien qui vous peult eſtre aduenu.

P A M. Ma Glycerium a retrouué ſes parens.

D A. O que voylà qui va bien.

C A. Hen hen.

P A M. Le pere eſt á ceſte heure noſtre grand amy.

D A. Quel pere?

P A M. Chremes.

D A. Ie ſuis ioyeux de vous ouyr.

P A M. Et n'y aura plus de demeure que ie ne la prenne en mariage.

C A. Ceſtuy cy ne ſonge il point maintenant, ce qu'il deſiroit en veillant?

P A M. Et bien Dauus, noſtre enfant.

D A. A n'en ayez point de ſoulcy, c'eſt luy ſeul que les Dieux ayment en ce monde.

C A. Si celà eſt vray, ie ſuis donc à ſauuctéïba

ueté:ha il fault que ie parle à eulx.

P A M. Qui eft ceftuy cy?Carine mon a-
my tu viens icy tout à propos.

C A. I'en fuis ioyeux.

P A M. Et bien as tu tout ouy?

C A. Tout : or bien donc ie te prie aufsi
aye quelque peu de fouuenance de moy
en tes bonnes fortunes . Ie fçay bien que
tu gouuernes maintenant Chremes paifiblement : & ne doute point qu'il ne face
tout ce que tu voudras.

P A M. Il m'en fouuient encores maintenant, & pour autant que nous ferions icy
trop long temps à attendre iufques à ce
qu'il fuft forty , ie te prie fuy moy. & en-
trons leans : car il eft maintenant chez ma
Glycerium. Toy Dauus va t'en au logis,
defpefche, apelle quelques gens auec toye
qu'attens tu tant, eft-ce faict?

D A. I'y vois . Meffieurs n'attendez ia
qu'ilz reuiennent icy meshuy : car on les
efpoufera leans, tout ce defpefchera au logis . Au refte refiouyffez vous & faictes
tous figne de ioye.

I'AY DIT.

Kii

BRIEF RECVEIL
DE TOVTES LES SOR-
TES DE IEVX, QV'A-
uoient les anciens Grecz
& Romains. Et com
ment ilz vsoyent
d'iceulx.

A' PARIS.

Par Eſtienne Groulleau, demourant en la
rue Neuue noſtre Dame à l'enſeigne
ſaint Iean Baptiſte.
1 5 5 2.

K iii

LA FORME ET
MANIERE QVE TE-
NOIENT LES ANCIENS
en leurs ieux publiques, & comment ilz e-
ſtoient ordonnez : ſelon ce qu'il s'en peult
comprendre par la deſcription des Hiſtori-
ens tant Græcz que Latins.

Au Lecteur Salut.

Ien ou bien peu de choſe a-
uons maintenant en vſaige
(Lecteur) que nous n'ayons
prins des anciens, ou bien
que à l'imitation d'iceulx
nous n'ayons obſerué & enſuiuy au plus
pres que faire nous a eſté poſsible : conſi-
deré meſmes que la meilleure partie de
noſtre langage depend des anciens propos
& maniere de dire. Et qu'il ſoit ainſi que
tenions encores de leurs couſtumes & v-
ſages, celà nous peult eſtre aſsez euident
par les ieux & diuers esbatz qu'ilz auoiét
de couſtume propoſer au peuple, tant pour
la recreation d'iceluy , comme auſsi pour
l'exercitation des ieunes gens, ou aux lettres,

tres, ou en faict & d'exterité de guerre.
Vray est, que d'aucunes choses auons trou
uées ou adioustées à ce qui fut par eulx inuenté, vn bien petit plus exactes, & ex-
quises : mais d'aultres aussi se trouueront
par eulx auoir esté plus exquisement, &
nayfuement traictées & exercées. Ce que
facilement te pourra aparoistre par ce petit extraict qu'auons faict des vieilles hi-
stoires, sur la coustume que tenoient les
anciens tant Grecz que Romains en leurs
ieux, & publiques esbatz : par lequel extraict pourras assez facilement cognoistre
la grande & exquise diligence, qu'ilz mettoient à l'exercitation de ieunesse : & aussi
la maniere que nous auons peu tenir ius-
que à present à les ensuyure. Nous te des-
crirons donc premierement la diuersité
en general desditz ieux, & comment ilz
furent ordonnez & instituez : puis te vi-
endrons proposer les differences particu-
lieres des esbatz que lon y prenoit, ensemble les personnages qui gouuernoient lesditz ieux, & les largitions & dons propo-
sez tant au peuple, comme aux ioueurs.
Toutes lesquelles choses pendant que ie
te reciteray, amy lecteur, ie te suplie me
donner

donner vn bien peu de ton attention, & bonne faueur.

La diuerfité en general des ieux anciens, comment ilz furent ordonnez.

Es anciens tant Grecz que Romains, auoient de couftume propofer au peuple aulcunes recreations en public, pour le paffetemps & delecta tion de la commune : à fin de luy donner aulcunesfois quelque petite refiouyffance apres fon long trauail . Ce que faifoient par fois les Empereurs & princes Romains à l'entrée & commencement de leur do maine, pour acquerir la grace & faueur du peuple: aulquelz princes tellesfois les ieux furent ordonnez par la chofe publique comme pour recompenfe d'honneur, à cau fe de quelque victoire par eulx conquife, de forte qu'apres auoir iceulx Empereurs glorieufement triumphé par la ville, e- ftoient finablement conduitz depuis le palais iufques aux Theatres : aufquelz li- eux leur eftoient propofez plufieurs fpe- ctacles

&tacles qui s'enfuyuent, & aufquelz auffi
donnoient ieux & largitions, auec feftins
& bancquetz audict peuple.

Les aulcuns des ieux fufditz furent inftituez pour la religion, & furent pour cefte caufe particulierement ordonnez en
certains temps lefquelz eftoiët fignez en
leur calendrier, qu'ilz apelloient Faftes,
felon que defcrit tresbien Ouide, en fon
liure traictant de cefte matiere. Or y auoit
il à Rome plufieurs fortes de telz ieux, &
s'apelloient en diuerfes manieres pour plu
fieurs caufes & raifons que declarerons
cy apres. Les aulcuns d'iceulx on nommoit ieux Megalenfes, ou les grandz ieux
à caufe qu'ilz eftoient confacrez à la mere
de leurs grandz Dieux, qui eftoit vn fi
mulacre qu'ilz difoient eftre defcendu du
Ciel en Phrygie, & iouoient iceulx ieux
en grande liberté de mafques par toute
la ville, ce qui fe faifoit en la faifon du
temps nouueau.

Aultres ieux s'apelloient Funeraulx ou
Funebres: lefquelz fe faifoient pour retenir le peuple à voir la pompe & honneur
publique que l'on faifoit aux defpens de
la ville à vn Senateur decedé. En iceulx
ieux

ieux y auoit vn Boufon ou iongleur, qui
auec vne mafque femblable au vifaige du
trefpaffé, recitoit les mefmes motz, & a-
uec mefme gefte & grace que fouloit dire
ledict decedé lors qu'il eftoit viuant.

Les ieux Plebées ou du peuple, furent
inftituez, pour la conferuation de la fanté
dudit peuple: & furent ordonnez apres
qu'il n'y euft plus de Roys à Rome pour
la liberté d'iceluy peuple: ou pour le recó-
cilier apres qu'il fe fut retiré au mont A-
mentin.

Les ieux Apollinaires, c'eft à dire dediez à l'honneur du Dieu Apollo, furent inftituez (ainfi que dict Liuius) pour chaf-
fer Hannibal hors d'Italie, lors qu'il arriua iufque à Tarente: aufquelz ieux le peuple qui affiftoit pour regarder, eftoit cou-
ronné d'Oliuier. Et fe faifoiét iceulx ieux
toufiours par maniere de récréation, a-
pres le facrifice, pour refiouir le peuple.

Vne aultre maniere de ieux s'apelloient
Seculiers, pour autant que l'on ne les iouoit que de cent en cent ans, lequel temps
de cent ans, les Romains apelloient Se-
culum. A cefte caufe le herault qui denon-
çoit au peuple telz ieux publiquement,
auoit

auoit de couſtume inuiter & ſemondre ledit peuple ſouz ces motz. Venez aux ieux
que nul de vous ne veid oncques, ne verra
par cy apres. Toutesfois que Claudius Ce
ſar, anticipa deuant ledięt temps, pour mô-
ſtrer ſa magnificence : parquoy en fut publiquement mocqué le herault, qui en pro
clamant leſdięz ieux, recitoit les parolles ſuſdiętes: car il y auoit encores des perſonnes viuantes, qui auoient veu ceulx
qu'Oętauian Ceſar auoit au parauant pro
poſez, meſmes aulcuns des hiſtrions ou
iongleurs qui eſtoient auſdięz ieux de
Claudius, auoient ioué aux precedentz
d'Auguſte. C'eſtoient les ieux les plus
magnifiques de tous les aultres, & ſe iouoient à pluſieurs iournées tant iour que
nuięt, à la lueur de torches & flambeaux:
tellement que durant iceulx ieux, ſe trouuoit du peuple infiny des eſträges nations
en la ville de Rome, pour lequel loger, e-
ſtoit, neceſſaire faire des tentes par la ville
pour euiter confuſion : laquelle toutesfois
ne ſceut eſtre ſi bien euitée que pluſieurs
n'y fuſſent eſtouffez du temps d'Auguſ-
ſte : meſme de l'Empire de Iules y eut en
iceulx ieux deux des Senateurs Romains
tuez.

tuez.

Or aufditz ieux ordonna Augufte que nulles ieunes gens tãt d'vn fexe que d'aultre, allaffent aux fpectacles de nuict, fans la compagnie de quelque perfonne aagée de leur parentage. Ordonna encores garde & guet par toute la ville, & à chacune rue, pour doute des larrons, ou aultre inconueniens de feu, à caufe que tout le peuple fe retiroit aufditz ieux, lefquelz furent anfsi propofez à Rome, par Domitian felon l'ordre du temps en comptant depuis Augufte.

Aultres ieux furent apellez Quinquatria, ou Quinquatrales, lefquelz Domitian celebra à Rome, au mont dict Alban: & ce faifoit par chacun an le premier iour de Mars, en l'honneur de Minerue, & duroient lefditz ieux cinq iournées, aufquelles eftoient propofées cinq diuerfes fortes d'esbatz & recreations, tant de paffetemps comme de mufique, & fpecialement des bonnes lettres: à l'hõneur defquelles, ledit Domitian propofa pris à ceulx qui auoiét fait & prononcé le mieulx vne oraifon, ou poëme, & qui mieulx chanteroient & danferoient, les vers qui leurs feroient recitez

citez: car la maniere’eſtoit de reciter les
compoſitions auec meſures tant de plora-
tion qu’auſsi de chant, ſelon l’eſcript que
c’eſtoit: la proſe en vne maniere, les vers
en aultre, comme vers de Comedies, can-
tiques & vers Lyriques, leſquelz on pouuoit iouer aux violes, aux lyrons, ou aux
fleuſtes: ou bien telles fois on les prononçoit comme en danſant: dont eſt dict de
Ceſar Caligula, qu’vne nuict luy eſtant
faſché de dormir, il fit apeller & eſueiller
trois des plus aparentz Senateurs de Rome, & les mena au Theatre, leur comman-
dant ſoy tenir debout, & attendre ſur le
pulpite de la Scene: puis il ſort ſur ledict
pulpite, auec grand bruit comme de ſieges
abatuz, & auſsi de muſique, & inſtrumētz
armonieux, luy eſtant veſtu d’vn manteau, & ſaye iuſques aux talons, & ainſi en
leur preſence ſaulte & recite vn cantique
qu’il auoit compoſé: quoy faict, ſans aultre mot leur dire, ne aultre mal leur faire
s’en retourna prendre ſon repos. Il eſt ſemblablement dit de Neron Ceſar, qu’il châ-
ta des Tragedies en maſque de Dieux &
demy-Dieux. Or ſelon le chant & ſault
des vers que lon recitoit, eſtoient les a-
cteurs

&teurs apellez en diuerfer manieres, les
vns Citharœdi, aultres Chorocithariſtæ,
& aultres Pſallocithariſtæ. En pareil cas ſe
recitoient oraiſons de diuerſes ſortes, ou
quelques proſes bien faites : comme deſ-
cript Suetone en la vie de Domitian : &
aux victeurs on faiſoit preſentz de couronnes diuerſes.

Caligula inſtitua certains combatz de
literature Græcque & Latine leſquelz ſe
faiſoient ſur vne Scene poſée & aſſiſe pres
d'vn fleuue : & impoſa telle loy, que les
vaincuz bailleroient pris aux victeurs, &
compoſeroient vers à la louange d'iceulx.
Et que ceulx qui auroient mal & inepte-
ment compoſé, ou prononcé au iugement
des aſſiſtans leurs vers ou oraiſon, fuſſent
contrainctz effacer leurs eſcriptz auec v-
ne eſponge, ou auec leur meſme langue,
en preſence du peuple : ou ſinon qu'ilz en-
duraſſent la ferule, ou bien eſtre plongez
au fleuue prochain de ladicte Scene.

Les ieux que les anciens nommoient Iu-
uenales, furent ordonnez pour exerciter
les ieunes enfans de bonne maiſon, & les
dreſſer en faict de guerre, & à la courſe,
tant de chariotz qu'autrement : & ſe faifoient

foient le plus fouuent au lieu dit Circus.
En iceulx ieux, lon reprefentoit la prinfe, ou expugnation de quelque ville, comme de Troye, ou aultre femblable: & y a-
uoit ieunes gens à l'eflite tant d'vne part
que d'aultre & prefque de mefme aage,
defquelz, les vnz faifoiét pour les Græcz
les aultres pour les Troyens, & ainfi part
contre part virilement fe combatoient.
Ces ieux furent de grande ancienneté ordonnez à Rome: mais depuis qu'a la con-
tinuë fut veu qu'ilz fe bleffoient l'vn l'aul
tre en diuerfes fortes, felon les partiali-
tez, & l'efchaufement du ieu (tant qu'vn
Afinius pollio fe vint complaindre iufques au Senat, de ce que fon neueu s'eftoit
rompu la iambe en tumbant de fon chariot: & qu'il y en auoit eu plufieurs aultres bleffez) fut par ledict Senat ordonné,
que plus ne fe feroient telz ieux: combien
que depuis ilz fuffent de rechef inftaurez,
tant que Neron admift en iceulx ieux, iufques aux vieillartz & anciennes matrof-
nes, qui luy tourna à grand deshonneur,
comme ainfi fuft, qu'en fon ieune aage luy
mefmes euft ioué en telz ieux bien hono-
rablemét, & en compagnie de ieunes gés

fort

fort boneftes: mais en ce dernier fait, fut
reputé fuyure les mœurs de fon oncle Do
mitius, qui en la Scene mefmes, & aux
ieux Sceniques ofa bien propofer des ion-
glereffes.

Par les carrefours des ruës de Rome fe
faifoient aulcunesfois des ieux en l'honneur des Dieux priuez & domeftiques,
qu'ilz apelloient Lares: defquelz Dieux à
chacun carrefour de ladicte ville y auoit
vne ftatuë, laquelle deux fois l'année ilz
aornoient & reueftoient fumptueufement
& en leur facrifiant iettoient fleurs à l'entour,& iouoient ieux par tous lefditz carrefours, tant iour que nuict, lefquelz ieux
ilz nommoient Compitalitii. Au cirque
pareillement, qui eftoit place grande en
forme ouale entourée de muraille,comme
dirons cy apres, fe faifoient aultres ieux
apellez Circenfes, à caufe du lieu:& con-
fiftoient lefditz ieux en combatz de gens
tant de pied que de chenal, òu fus chariotz, aufsi en courfes, iouftes, & aultres
telles chofes que defcrirons maintenant.

Les ieux Caftrenfes, furent nommez,
pour ce que quand on les iouoit, lon af-
feoit des caftres, c'eft à dire des tentes ou
L   pauillons

pauillons de guerre au cirque pour camper les armées:parquoy est dict de Iule Cesar, qu'il osta les metes & limites du cirque (qui estoient Piramides & carrieres des coursaires) pour y assoir des pauillons à fin que lesdites metes ne donnassent nuysance aux combatans. Aulcuns disent que lesditz ieux s'apelloient Castrenses, pour ce que lon les iouoit au camp, c'est à dire aux castres & tentes de guerre, pour donner quelque recreation, & aussi pour l'exercitation des gens d'armes, car il est à presuposer qu'ilz ne se faisoient qu'en faitz d'armes.

Aux Bacchanales, qui estoient sacrificet instituez en l'honneur de Bacchus pour les bonnes vendanges:& aussi aux Cereales, en l'honneur de Ceres, pour le bon recueil du bled:aux Florales en l'honneur de la déesse Flora, pour les belles fleurs:& aux Lupercales en l'honneur de Romulus & de son education, se faisoient ieux solennelz, lesquelz prenoient le nom de la feste, & du sacrifice que l'Empereur auoit volunté de faire, ou instituer & ordonner Et souloient telz ieux estre faitz en temps de paix:car aultrement le peuple ne se resiouyssoit.

iouyſſoit. Et pource qu'ilz ſe faiſoient à
l'honneur des Dieux, s'apelloient Hono-
rarii Ludi comme ie puis comprendre par
Suetone: ſinon qu'ilz s'apellaſſent Hono-
raires, pour ce qu'ilz eſtoient aulcunesfois faitz en l'honneur de quelque perſon
ne qu'aymoit le prince, comme de Tiberius Ceſar, qui bailla ieux gladiatoires en
diuers lieux & temps, en l'honneur & memoire de ſon pere & de ſon oncle Druſus.
aulcuneſfois en la place, aulcuneſfois à
l'Amphitheatre . Neron ſemblablement
qui en ſa ieuneſſe fit des ieux Circenſes, &
vne chaſſe, pour l'ame de Claudius ſon
predeceſſeur. Ilz s'apelloient auſſi Ludi
Votiui, ieux vouëz, quand par maniere
de religion vn prince vouoit telz ieux, &
les fondoit ou les dedyoit tous les ans
pour memoire, en l'honneur de quelque
ſien parent, comme fit Claudius Ceſar le
iour de ſa natiuité.

Aux ieux Bacchanales que les Grecz a-
pelloient Dioniſia, le peuple auoit de cou
ſtume regarder les ioueurs, eſtant aorné
de couronnes, & chapeaulx de vigne : &
portoit-on par tout le Theatre, ou cirque, force vin & dragée à chacun inter-

ualle du ieu,pour la recreation dudit peuple. Mefmement les combatans & ioueurs
eftoient couronnez , & leur prefentoit on
à boire,deuant & apres le combat.

Lon voit encores auiourd'huy à Rome
vne memoire d'vn lieu en forme de cirque pres le temple de Bacchus, auquel ie
penfe que les Romains celebroient leur
Dionyfia , ainfi que les Grecz , lequel e-
ftoit edifié en forme ouale: & à l'entour
d'iceluy par dedans y auoit certain nombre de colomnes , faites & ouurées bien
fumptueufement, entour defquelles y a-
uoit plufieurs ftatuës pofées pour aornement . Duquel bien verras la plate forme
defcripte au liure des antiquitez de Seba-
ftian Serlio Bolognois . Ce lieu eftoit en
forme ouale oblongue, & comme vn grãd
courtil, à l'entour duquel y auoit vn beau
portique , auec force colomnes: entre les
efpaces defquelles (que lon nomme inter-
colomnes) eftoit vn niche aorné de co-
lomnettes , dans lequel pouoit eftre pofée
vne ftatuë . Et pour comprendre l'ampli-
tude de ce lieu , la longueur eftoit de cinq
cent octante & huict palmes, & fa largeur
de cent & quarante.

Les

Les ieux Sceniques furent principalement dediez à Bacchus, parquoy estoient
apellez par les Grecz ludi Antagones Di-
onysiaci. A ceste cause y auoit tousiours à
l'apareil de la Scene vers le costé droit, vn
autel de Bacchus, & de l'aultre costé, vn
aultre autel du Dieu, duquel estoit le iour
des ieux. Or d'iceulx ieux Sceniques en
auons assez amplement parlé au commencement de ce liure, parquoy n'est ia besoing en faire aultre mention en cest endroit.

Les anciens Grecz imposerent semblablement diuers noms à leurs ieux, selon
leurs Dieux & religion: & les nommoient
les vnz, ieux Olimpiaques(qui furent instituez d'Hercules à l'honneur de Iupiter) les aultres, Nemées, qui furent ordó-
nez en memoire de la mort du filz de Ly-
curges, lequel fut nourry en la forest Ne-
mée:les aultres Isthmies, en memoire de
la deliuráce du filz d'Athlas en l'isle dI'st-
mos:& les aultees Pithies, qui furent dediez en Delphe au Dieu Apollo, à cause
du serpent qu'il occist nomme Pithon.
Maintenát disons des differences desbatz
qui se proposoient en iceulx ieux, oultre

les Comedies dont auons affez traité par cy deuant : car les exercices defquelz parlerons cy apres, furent beaucoup au parauant inftituez que les Comedies, & fe tenoient aux ieux mefmes, aufquelz on fouloit reciter lefdites Comedies : pluftoft à l'Amphitheatre, pluftoft au chãp de Mars pluftoft au lieu dict Circus, & bien fouuent au Theatre.

Les differences particulieres des esbatz que lou propofoit aux ieux anciens.

Vx ieux publíques, defquelz auons parlé cy deffus, fe propofoient plufieurs manieres d'esbatz & exercices, felon lefquelz, lefditz ieux auoient noms particuliers. Les ancuns s'apelloiét ieux Gymniques & Athletiques, les aultres on nommoit ieux Circenfes, ieux Gladiatoires, & ieux Sceniques. Oul tre lefquelz y en auoit d'aultres fpeciaulx defquelz ferons cy apres mention.

Les ieux Gymniques fe faifoient aux lieux apellez Paleftres, & furent ditz Gimniques

niques pour ce qu'en iceulx le plus fouuent ceulx qui luytoient estoient tous
nudz . En Athenes & aultres plusieurs villes de la Grece, y auoit Palestres pour les
luytteurs: c'estoient edifices bastiz par les
Empereurs à ceste fin, & ce dans les termes
on pres d'icelles. Leans y auoit lieux pour
la disputation & exercice des orateurs, ou
philosophes, lesquelz lieux estoient gar-
niz de grand nombre de sieges , & à l'entour plusieurs belles allées enuirõnées d'ar
bres, & hayes vifues pour la frescheur en
esté temps:& aultres allées couuertes pour
l'hyuer. Telz lieux, tant pour les philosophes , que pour les Athletes s'apelloient
Xystes : mais le lieu pour les Athletes à
Rome, estoit premierement le grand marché, que pour ce faire lon despauoit, & y
semoit on du sablon bien menuëment cri-
blé. Puis apres fut preparé & acoustré à
ceste intention le champ de Mars , autour
duquel furent assises doubles barrieres,
qu'ilz apelloiét Septa, pour retenir le peuple , & le garder d'entrer leans : & pour la
commodité des Senateurs, & gens d'estoffe y auoit spectacles edifiez à l'entour dudict champ, à fin qu'ilz peussent regarder

L iiii   sans

sans fafcherie . En cedit champ Neron fit les ieux Gymniques à la forme des Grecz Ce fut deuant que les Amphitheatres fuffent premierement baftiz.

Les exercices des ieux Gymniques ou Athletiques, eftoient diuifez en cinq fortes: à fçauoir , la courfe , la luytte , la hache, le plat , & le fault : parquoy fut apellé des Grecz le tout enfemble Pentathlos: des Latins Quinquatria, ou Ludi Quinquatrales: & les ioueurs s'apelloient Athletes, & Pugiles. Mais oultre cefdictz exercices, y en auoit encores affez d'aultres que lon propofoit pour recréer le peuple, ainfi que tout d'vne main declarerons en bref cy apres.

La courfe.

L'excercice de la courfe fe faifoit en plufieurs manieres differentes , felon lefquelles les ioueurs auoient diuers pris. Vne maniere de courfe eftoit de la longueur d'vn ftade, à qui pluftoft le feroit : de laquelle courfe les coureurs s'apelloient Stadiodromi , c'eft a dire coureurs au ftade, qui eftoit vne longueur de fix centz piedz

Domitian

Domitian fit baftir vn lieu propre circuit de murailles, auec fpectacles & lieux conftituez pour regarder, & apella ledit lieu Stade : auquel eft dit qu'vne vierge Romaine courut vne fois & gaigna le pris.

Vne aultre maniere de courfe eftoit de deux ftades, à fçauoir vn d aller, & l'aultre à retourner au lieu mefmes dont eftoit party le coureur : tellement qu'il failloit courir vn ftade, puis s'en retourner foudain en courfe, & faire encores vn aultre ftade par le chemin mefmes, iufque au lieu dont on partoit : & celuy qui eftoit pluftoft de retour, gaignoit le pris. Telle efpace de courfe s'apelloit Diaulos, & les coureurs Diaulodromi.

La plufgrande courfe qui fe faifoit, eftoit de la longueur de fix ftades, en courfe & aultant en retour · & telle grande longueur s'apelloit Dolichos, qui valoit douze ftades, & les coureurs Dolichodromi: & faifoient en courfe, vn mil & demy d'Italie. Les compagnons deuant que venir en ieu s'exercitoient par plufieurs iours en quelque lieu courans tous bottez, ou bien auec quelques gros fouliers, & en lieu pierreux : à ce que quand fe viendroit

sur

sur l'arene, & au cirque, ilz s'en monstraſ-
ſent beaucoup plus agiles, & à deliure.

La luytte.

L'exercice de la luytte, ſe faiſoit ſur l'a-
rene biĕ menuë ou en lieu fort pouldreux
les luytteurs eſtoient nudz, & ſur la chair
nuë on les huylloit de ceroine, c'eſt à dire
d'vn vnguent fait auec de l'huylle & de
la cire, & apres l'vnction, on les pouldroit
par tout le corps d'vne certaine pouldre
qu'ilz nommoient Aphé. Ilz luyttoient
en diuerſe maniere. Les vns ne luyttoient
que du bout des maïs, à ſçauoir les doigtz
des mains croiſez & acrochez l'vn dans
l'aultre, ſans aultre touchement de corps;
tellement qu'il n'y auoit que la force des
bras. Telz luytteurs s'apelloient Acrochi-
riſtæ.

Vne aultre forme de luytte ſe faiſoit par
maniere de combat: & eſtoit loyſible aux
luytteurs, aborder l'vn ſus l'autre par tous
moyens, & auec courſe s'ayder de coups
de piedz, & de genoulx : auſsi des ongles,
des poings, des coudes, & de toutes parties du corps, & pour par ce moyen ietter
bas

bas son compagnon. Ceste luytte s'apelloit Pancration, pource que lon s'aydoit
de toute la vertu du corps, & de toute force des nerfz. Les luytteurs s'apelloient
Pancratiaftæ. Et se faisoit pour exerciter
la ieunesse aux anciens combatz de piet-
tons en guerre, qui se souloient faire main
à main. Les combatans & pugilles, pour
estre plus fortz, ne mengeoient que chair
de beuf aux repas, & s'abstenoient de toutes delices, expressemét du ieu des dames.

Diuerses sortes de combatz.

Encores plus pour exerciter ladicte ieunesse, principallement ceulx qui estoient
puissanzz & bien fourniz de membres, y
auoit vne aultre maniere de ieu, en forme
de combat bien dangereux : lequel ie ne
sçauroys mieulx raporter qu'au ieu d'es-
crime qui se pourroit faire à seulz gante-
letz sans baston à la main. En ce combat
les personnages estoient nudz, excepté la
teste sans plus : & n'auoient aultres armes
que deux mouffles lesquelles leur couroient iusques au meilleu des bras : & e-
stoient lesdites mouffles couuertes dedás
&

& dehors de gros cuir de beuf, en plufieurs doubles , entre lefquelz doubles y a-
uoit force laines & plomb bien deliées, &
bien confues , & apliquées l'vne fus l'aultre . Lefdites mouffles fe ferroient à l'entour du poignet, & du bras, à fermes &
fortes lafnieres du mefme cuir, trauerfan-
tes des deux partz l'vne fur l'autre, de forte que les braceletz ne pouoient facilement efchaper des mains. Et en cefte maniere chamailloient l'vn fus l'autre à main
platte, & à poing clos, ainfi que bon leur
fembloit , tellement que quelque ieu qu'il
y euft fouuentesfois fe rompoient les teftes
à bon effient , ainfi que defcript Virgile
au cinquiefme des Eneides, d'vn Erix qui
monftroit encores fes mouffles enfanglan
tées depuis le temps des combatz dernier s
& taintes de la ceruelle de ceux , lefquelz
il auoit combatu aultresfois . Lefdictes
mouffles s'apelloient Ceftes , & les combatans vrayement eftoient nommez Pugiles , à caufe qu'ilz chamailloient des
poings, & y auoit art & loy en ce combat
de ne fraper que fur la tefte, ou à l'endroit
d'icelle . Auffi l'induftrie eftoit de retirer
la tefte, & la deftourner en plufieurs manieres

nieres pour euiter le coup:& penſe que les
combatans eſtoient garnis de quelque ar-
met ou habit de teſte.

Vn aultre combat ſe faiſoit auſditz ieux,
auec haches d'armes , & eſtoient les combatans armez par hault iuſques aux iam-
bes:& ſe faiſoient pour l'exercice de ceulx
qui ſe vouloient monſtrer vaillantz en
guerre, & s'apelloient telz ieux Ludi A-
ſtici.

Lon propoſoit encores aultres combatz
aſſez dangereux à eſpées tranchantes: leſquelz ſe faiſoient aulcunesfois de gens
condemnez à mort, que lon laiſſoit en pre
ſence du peuple ſe chamailler en eſtrange
maniere, iuſques à l'extremité de la vie,
& ce à cauſe qu'ilz diſoient que tel ſang
reſpandu, apaiſoit l'ire des Dieux. Aulcunesfois ſe faiſoit ledit combat de quel
ques aduéturiers exercitez au fait de guerre, audacieux ou auantageux à gaigner
quelque pris: leſquelz on ne laiſſoit auan-
cer l'vn ſur l'autre que troys cou s ſans
plus, ſelon la valeur deſquelz coups ilz
remportoient ledit pris . Le ſemblable
combat auons aultresfois veu pratiquer
en Italie, & ce de gens condemnez: ſou-
uentesfois

nentesfois, aufsi de gens qui par inimytié
fe deffioyent l'vn l'autre: ce que depuis vn
peu auons veu en ce païs, dont ie ne l'en
eftime eftre plus Chreftien. Or quand à
l'ordre dudict combat iamais ne fortoiét
fus l'arene plus de deux combatans, & s'a
pelloient vn pair de gladiateurs: lefquelz
eftoient apellez des maiftres & preuoft
par fort, felon que l'ordre venoit tant d'vn
cofté que d'aultre, comme defcrirons cy
apres plus amplement. Par ce moyen ad-
uenoit qu'en vn ieu ou bien par vne apres
difnée lon propofoit aulcunesfois dix ou
douze paires de gladiateurs au plus. Celà
fe faifoit pour toufiours donner courage
aux ieunes gens d'eftre hardis en guerre,
& pour acouftumer la ieuneffe à n'auoir
point paour de voir playes & combatz à
fang. Les maiftres qui enfeignoient priuément aux maifons telle maniere de cô-
batre, s'apelloient Laniftæ, comme auiourd'huy encores apellons maiftres d'ef-
crime: & les combatans fe nommoient
Gladiateurs. A telz combatz n'a aultres
femblables, fuft par ieu ou à bon effient,
eftoit deffendu aux femmes par ordonnã-
cedu Senat de ne s'y trouuer aulcunemét
Com-

Combien que depuis par le commandement d'Octouian Augufte, fut permis
aufdites femmes regarder les Gladiateurs
mais feulement des plus haultz fieges du
Theatre. Ou temps enfuyuant que Domitian augmenta cefte liberté, & de fon re-
gne, ordonna combat de femmes, & à
pris: mefmement de nuict à lumiere des
flambeaux.

A l'appetit de quelque Empereur, Ion
donnoit aulcunesfois pris, à qui comba-
troit vn Taureau auec le cefte cy deffus
efcript, ou bien vn Lyon auec l'efpée, ou
vn Ours, vn Tigre, ou quelque aultre maniere de befte fauuage. Et par faulte de
Gladiateur le prince donnoit la vie à vn
compagnon condamné à mourir, s'il fe
vouloit enhardir à tel combat, felon la
condition qui luy eftoit prefixe.

Pour aultre recreation Ion propofoit
combat de beftes fauluages & de diuerfes
efpées, les vnes ancharnées contre les aultres: & quelquesfois on faifoit monftre
publique au peuple de beftes eftranges
pour grand fpectacle & recreation d'iceluy. Dont eft efcript de Vafpafian qu'en
vn iour il fit monftre publique de quinze
                                    mille

mille beftes de bien eftranges fortes . Au
cas pareil plufieurs aultres Empereurs fi-
rent monftres de diuerfes beftes : ainfi que
lon voit en diuers paffages des anciens au
theurs, lefquelz feroit trop long, vous al-
leguer à prefent, fans plus grande necefsi-
té. A raifon de ceftuy fpectacle & monftre
de beftes, eftoit faict le premier degré des
Theatres & Amphitheatres bien hault, à
ce que lefdites beftes fauuages ne peuf-
fent nuyre aux afsiftans , & en iceluy degré ne fe feoit le peuple: mais eftoit acou-
de fur vn appuy qui alloit autour dudit
Theatre, ou Amphitheatre felon le circuit dudit premier degré : & tel degré ilz
apelloient Podium.

Ieux de Dard ou de Traict.

Aultre maniere d'exercice fe propofoit
à qui plus loing ietteroit vn dard, ou tel
aultre cas, & qui plus droit en fraperoit
quelque chofe . Telz ioueurs s'apelloient
Spiculatores.

Encores s'exercitoient au traict d'arc, à
qui plus foudain, ou premier, ou mieulx,
toucheroit vn oyfeau pendu & lyé à vn
petit

petit filet, fus quelque arbre, ainfi qu'auiourd'huy lon faict à tirer au Papegault.
Ce ieu defcrit Virgile en fes Eneides . Ou
bien audit ieu lon exercitoit la ieuneffe à
tuer des beftes fauuages que lon expofoit
au Theatre . Tellement qu'il eft recité de
Tyberius Cefar, qu'en telz ieux luy mefmes print fon arc : & pour monftrer qu'il
n'eftoit point mal de fa perfonne comme
lon fe doutoit, naüra vn fanglier à la tefte
en prefence du peuple. Domitian fut fi cu-
rieux, & addextre à ce ieu, que pour vn
iour il tua bien cent beftes de diuerfe forte. Telles fois , en deux coups , mettoit
deux fleiches fi droit fus la tefte d'vn fanglier, qu'il fembloit qu'il euft deux cornes. Car il eftoit fi exercité audit traict,
qu'il faifoit paffer des fleiches entre chacun doigt d'vn enfant tenant la main e-
ftanduë, fans aulcunement le blecer.

Ieu de la Pierre.

Pour l'exercitation de la force du bras
ilz auoient vn aultre ieu, de ietter vne
certaine pierre, qu'ilz apelloient vn Plat,
à caufe qu'elle eftoit de telle forme: c'est à

fçauoir platte & ronde, mais creufe & per
fée par le meilleu. Ainfi que dit Ammo-
nius : icelle pierre, ou maffe de fer, ou de
plomb, comme qu'elle fuft, fe iettoit en
lair, ou au loing, à qui plus hault, ou plus
loing la tireroit. Les ioueurs s'apelloient
Difcoboli.

Ieu de Sault, & de Danfes, en diuerfes manieres.

Pour exercice de fçauoir bien porter les
armes, fe faifoient ieux de faulter & aufsi
de danfer en armes, c'eft à fçauoir à per-
fōnages armez de toutes pieces : à qui plus
loing, ou plus hault faulteroit, & plus lon-
guement, aulcunesfois à faulter tout armé
fur vn cheual fans auantage. Cefte maniere de fault, & danfe s'apelloit Saltation
Pyrrhique, pource que Pyrrhus en fut pre
mier inuenteur.

Il y auoit vne aultre maniere de danfer
ou faulter à leur mode, qui fe faifoit (felon les anciens Græcz) au lieu de leur The
atre ou de leur Circus, dict Orcheftra. I-
celle faltatiō s'apelloit Comique, & eftoit
vn peu deshonnefte, & obfcene, c'eft à fçauoir

uoir auec gesticulations lasciues. Telle e-
stoit la saltation Satyrique, qui s'apelloit
Scinnis.

Bien y auoient vne certaine danse hon-
neste & posée qu'ilz apelloient *Emmelie,*
telle possible que noz basses danses. Et encores y en auoit vne aultre laquelle se faisoit auec gesticulatiõs & mouuemētz des
mains principallement, telle possible que
la dãse moresque, s'apelloit *Chironomique*
à cause desditz gesticulations des mains.

Pour monstrer l'agilité du corps, ilz sau
toient encores en la maniere qu'auons à
present de coustume à sçauoit à qui plus
loing, & mieulx . Mais oultre nostre maniere, ilz portoient en sautant, & souste-
noient certaines plombées aux mains,
pour plus certainement se lancer, & plus
seurement. Telle plombées, il les apelloiēt
Halteres.

Aux Bacchanales des Atheniens, se faisoit aultre maniere de sault sus vne balle
de cuyr, à cloche pid: ou bien sus vne grosse vessie bien ointe, & emplye de vent:
& ne faisoit tel sault que pour rire apres
boire, & esprouuer celuy qui porteroit mi
eulx la fumée du vin, & qui moins se trou-

M ii   bleroit

bleroit:car à vne personne yure il est bien
dificile de bien sauter, & encores à vn pied seul . Me semble qu'auons encores auiourd'huy quelque semblance de ce ieu, &
à mon opinion pareil à celuy que nous a-
pellons le sault perilleux : lequel se faict
sur vn aiz, posé sur deux boulles. Le sault
susdict, s'apelloit des Græcz Ascoliasmos:
& d'iceluy parle Virgile au second des
Georgiques.

Ieu de Paulme & de Balle
en plusieurs sortes.

Les anciens auoient plusieurs manieres
de iouer à la Balle, qu'ilz apelloient Pile,
à cause qu'elle estoit pleine de poil : qui
fut vn ieu assez ayme d'Auguste Cesar.
L'vne maniere estoit plus acoustumée aux
baings & termes, que aux Theatres ou Cirques, & s'apelloit *Pila trigonalis*, pource
qu'on en iouoit en vn lieu triangulaire
edifié tout à propos dans lestermes , pour
prendre exercice, & esmouuoir la sueur na-
turelle deuant qu'entrer au baing, auquel
exercice s'esbatoit souuent Vespasian Auguste au lieu de ses thermes , apellé *Sphe-*
risterium

risterium. La maniere d'en iouer estoit de
ietter la balle vers vn coing de la muraille, pour la faire bondir, & ce que lon dit
bricoller aux deux paroiz voisines : & se
battoit tant de la droite main que de la
gauche , & requeroit grande agilité de
corps. Ne sçay si nostre ieu de paulme seroit procedé de là.

Vne aultre maniere de ieu de Balle, se
faisoit d'vne pile plus grosse beaucoup
que la triangulaire, & estoit pleine de vét
parquoy l'apelloient *Follis*, & se battoit
auec les poings, ainsi que celles que les I-
taliens apellent *Balons*. A ce *Follis*, ou *Fol-
liculus*, s'exercitoit souuent Auguste.

Or encores à vne aultre maniere de Balle
s'esbatoiét pour prendre exercice aux ieux
publiques, laquelle Balle s'apelloit *Har-
pastum*: & estoit pleine de bourre & de laine, dure & sourde, parquoy ne bondissoit
gueres : elle estoit moindre que le ballon,
& plus grosse que la pile triangulaire. Ilz
s'en iouoient à partie de plusieurs ensemble, & à l'opposite les vns des aultres : de
sorte que pour gaigner la bourne, s'en-
trepoussoient & s'entrefrapoient à bon es
sient, tellement que le ieu ne se partoit

M iii   gueres

gueres qu'il n'y en euſt de mal contentz.
Les Italiens ont des baſtonniers pour iou
er à telle Balle, & ſont ſtriez par dedans,
& ont deux petitz piedz au derriere du
bout d'enhault qui eſt plus large que vers
le manche, ilz apellent ce battouer ou che-
ualet *Scagno.*

Ieu par deſſus la corde.

Par fois s'esbatoient les anciens à danſ-
ſer ou marcher ſur vn chable hault eſleué,
& nommoient tel ieu *Funambulum:* qui ſe
faiſoit ſans contrepois, & auec contrepois, pour monſtrer la legereté du corps,
& agilité des membres, qui eſt vn ieu que
noz baſteleurs ont retenu encores à preſent : duquel ſe complaint Terence auoit
eſté deſtourbé à ſa Comedie nommée He-
ryre, qui fut recitée aux ieux *Funeraulx.*
Car (ainſi qu'il dict au proëſme) le peuple ſi toſt qu'il ouyt dire qu'il y auoit ieu
ſus la corde, & des gladiateurs & combatans, incontinent ſans attendre que la Comedie fuſt acheuée, chacun ſe retire hors
de la partie de l'Amphitheatre qui eſtoit
au droit de la Scene, & ſe met de l'aultre
part,

part, & ce pour retenir place commode : à
laquelle retraicte, & mutation de peuple,
y eut tel bruit de femmes & aultres gens,
que ledit Terence ne peut auoir loyfir
d'acheuer ſadite Comedie. Tel ieu recite Suetone auoir eſté de ſon temps trouué nouuellement par Sergius Galba, lors
qu'en ſon ieune aage il fut faict preteur
des ieux, au parauant qu'il fuſt eleu Empereur.

Ieux ſus l'eau.

Pour exerciter la ieuneſſe aux guerres
nauales & de la mer, & auſſi pour leur a-
prendre à ne craindre l'eau (car les Romains eſtimoient vertu, ſçauoir bien nager, & n'y auoit enfant de noble ſang, qui
à ce ne fuſt inſtitué de ieune aage : ainſi
qu'eſcrit Suetone d'Auguſte, qui fit inſti-
tuer ſes neueux aux lettres & à nager)
faiſoient des batailles nauales, telles que
deſcrit Virgile au cinqieſme des Eneïdes :
& combatoient part contre part (ainſi
qu'auons deſcrit par cy deuant) à qui gaigneroit le pris. La meſmes s'exercitoient
(comme deſcrit auſſi Virgile) à courſe de
M iiii petitz

petitz brigantins & fuftes legieres , comme plufieurs foys on voit faire à Venife.
Les galiotz eftoient nudz & tous huillez,
& le ducteur de la nauire ou fufte, eftoit
acouftré bien honneftément felon la li-
urée propofée : puis quand la trompette
commençoit à fonner, chacun fe partoit
de fon lieu. Suetone recite de Neron qu'il
fit vne Naumachie ou il y auoit des beftes
qui nageoient fur l'eau.

Ces ieux fe faifoient aucunesfoys aupres du Tibre à Rome, & pour cefte caufe
fit Auguste aupres dudit fleuue, cauer la
terre, pour y faire comme vn grand lac, autour duquel fit baftir beaulx fpectacles.
Ce fut fait (recite Suetone) au lieu auquel
de fon temps eftoit la foreft des Cefars. Le
femblable fit Domitian aupres du Tibre
pareillement , auquel fpectacle (dit Suetone) il propofa batailles quafi entieres, &
de parfait nombre de nauires : & ne laiffa
à regarder lefdites batailles quelque grád'
pluye qu'il furuint. Iules Cefar fit auffi
vne foffe bien grande creufée en forme
d'efcaille d'Huytɾc, ou de Tortuë, laquelle
eftoit remplye d'eaue des aqueductz ou
conduitz de la ville, fur laquelle fit bataille de

le de Biremes, Triremes, & Quadriremes,
auec grand nombre de combatantz, ceſte
bataille s'apelloit Naumachie. Celle foſſe
derniere fut depuis remplye, & aplanye
par le meſme Empereur, & ſus icelle reba-
ſty le temple de Mars, plus grand qu'au
parauant n'auoit eſté.

Lon voit encores auiourdhuy à Verone ſur le fleuue d'Adix qui paſſe par ladite ville, deux pontz bien anciens, entre
leſquelz y auoit vn bel & ſumptueux ſpectacle, ſus lequel ponuoit grand nombre
de perſonnes pour regarder les ieux, & batailles naualcs, qui ſe faiſoyent ſur ledit
fleuue. Le ſpectacle eſtoit du long & à
bort dudit fleuue, & eſtoit apuyé contre
vne montaigne.

En ces ieux ilz faiſoient des parties de
combatans comme de Grecz contre Romains, & ſemblables factions à qui gaigneroit la bataille. En ceſte maniere Iules
Ceſar fit faction d'vne armée nauale de
Tyriens, contre vne autre des Aegyptiens,
& eſtoient les nauires & perſonnages accouſtrez de meſmes, ſelõ la mode du païs.
Semblablement Claudius Ceſar fit vne
bataille nauale de Siciliens contre Rho-
diens

diens dont chacune partie, auoit douze
triremes : & pour sonner l'assault & donner la bataille, sailloit par engins du my-
lieu du lac vn grand Triton d'argent, lequel sonnoit par artifice. Ceste Naumachie fut faite sur le lac que l'on nommoit
Faucinus, deuant qu'il fust vuyde.

La Naumachie se faisoit aucunesfoys en
la place de l'Amphitheatre, comme est recité, que fit Domitian : Encores ce voit
pour le iourdhuy le place de l'amphitheatre de Verone cauée par dessouz, & les vestiges des aqueductes vers ladite place : laquelle apres que les ieux qui se faisoient
par terre estoient finez soudainement s'ē-
plissoit d'eau en presence du peuple : au
moyen desdictz aqueductz, & sur ceste
eau produysoit on Triremes & Quinque
remes à combatre, puis le combat acheué,
se retiroit l'eau, par lieux subterranées &
se disperdoit en vn instant, & demeuroit
la place toute nette comme au parauant.

Lon edifioit aussi lieux propres en Rome pour les batailles naualcs, lesquelz
lieux s'apelloient Naumachies, & estoient
faitz en forme d'vn grand lac, à l'entour
duquel estoient edifiez spectacles pour la
commo-

commodité des affiftans. Vn tel edifice fit
Domitian, de la pierre & baftiment duquel fut depuis bafty le grand cirque. Vn
pareil edifice aufsi fit Neron au fecond
corps de fa maifon qu'il apella dorée, auquel corps fit vn grand eftang, en forme
d'vne mer, tout entouré d'edifices en façon de villes. Il eft dit aufsi de Tiberius
Cefar que depuis qu'il fe fut party de
Rome pour fon plaifir, oncques n'y ren-
tra finon deux fois: dont à la premiere, fe
fit tranfporter par eau iufques aux iar-
dins prochains à la Naumachie: qui eft à
monftrer qu'il y auoit vne Naumachie e-
difiée pres le Tybre en perpetuité, parquoy eft dit de Vefpafian qu'il bailla au
peuple la recreation d'vne bataille nauale
en la Naumachie, laquelle à ce que ie penfe ne s'emplifoit d'eau, que quand il e-
ftoit queftion des ieux, & apres lefditz
ieux, l'eau fe retiroit incontinent, comme
a efté dit à l'Amphitheatre. Car il eft ef-
crit dudit Vefpafian, qu'au lieu mefmes
de la Naumachie, il propofa des gladiateurs, & en vn iour mefmes, cinq mile beftes de toutes fortes. Il eft dict aufsi de Neron qu'il foupoit fouuent en public, dans
                                                    là

la Naumachie fermée, ou dans le champ
de Mars, ou au grand cirque, en compagnie de truandes & rufiens de la ville.

La chasse.

Ie trouue que les Romains donnoient
plaisir au peuple d'vne chasse publiquement proposée. Pourquoy faire plus commodement y auoit dans la ville comme
vn petit boccage pres du Tibre pour la
commodité de ladite chasse, lequel boc-
quet on apelloit la forest des Cesars: comme i'ay par cy deuant declaré, auquel lieu
fut faite par Auguste vne Naumachie, qui
depuis fut remplye, & remis le lieu en forest pour cest vsaige. Le plus souuent on
faisoit telles chasses à desconuert au grād
cirque, ou au champ de Mars, lequel à ceste fin estoit entouré (comme vn parc) de
lisses & barres pour garder de saillir hors
les bestes. Or se faisoit telle chasse le plus
souuét auec des cheuaux de Tessalie, pour
ce qu'ilz estoient estimez plus agiles & in-
dustrieux que nulz autres: auec lesquelz
on poursuyuoit les Taureaux, ou Tigres
ou autres bestes sauuaiges selon l'espace
du

du cirque : puis quand la beste eſtoit laſſe,
le chaſſeur montoit deſſus, & la traynoit
par les cornes emmy la place . Il eſt dit de
Neron, qu'il fit chaſſe de beſtes ſauuages
par toutes les places & cartiers de la ville,
laquelle couſtume ie ne ſçauroys mieulx
accomparager qu'à celle des Veniciens,
quand ilz font la chaſſe des Taureaux au
temps des iours gras. Car auſſi ceſte chaſſe derniere à Rome ſe faiſoit par gens de
pied, & auec eſpieux, ou autrement, à qui
plus vaillamment tueroit la beſte . Les ve-
neurs s'apelloient Confectores ferarum,
ou Beſtiarii. Virgile faingt telles chaſſes à
courſe du Cerf, & auec chiens duitz à ce
faire.

Courſe de cheuaulx en diuerſes manieres auec chariotz, & autrement.

Au cirque ou aupres d'iceluy, en vn lieu
apellé Catadromus, ſe faiſoit courſe de
ieunes gens, les vns contre les autres, bien
montez à cheual comme par maniere de
iouſte, ainſi que lon fait auiourdhuy en
noz liſſes, aucunesfoys couroient ſur des
chariotz conduitz de deux cheuaux, dont
ilz

ilz les nommoient *Biga*, ou de trois cheuaulx, dont ilz les nommoient *Triga*, ou
de quatre, qu'ilz nommoient *Quadriga*.
Neron courut vne foys au cirque, luy e-
ftant monté fur vn chariot, conduit de dix
paires de cheuaulx à laquelle courfe il
cheut luy mefme par terre, puis apres qu'il
fut remonté, voyant qu'il eftoit encores
en danger de cheoir de rechef, ne voulut
paracheuer ladite courfe. Lefditz chariotz
fe partoient d'vn lieu qu'ilz apelloient
Maufoleum Augufti, auquel lieu y auoit fix
grandes portes pour telle yffue, puis en
courant par vne rue dite *Equima*, venoiét
droit au champ de Mars, & de là entroiét
au grand cirque, ou au cirque de *Flammi-
nius*.

Vn autre lieu y auoit, qu'ilz nommoiét
Hippodromus, auquel lon couroit feulement au plus loing, à bride aualée, & à vne
carriere, ou deux. La maniere de courir en
iceluy lieu, eftoit diuerfe : Aucunesfoys y
auoit ieunes garfons nudz fus cheuaulx
legers, fans felle, fans bride, n'aultres har-
nois:& telles foys eftoient lefditz garfons
montez à piedz ioinétz, fur le dos de deux
cheuaux ioinétz à pair l'vn de l'autre, &
par

par foys failloiēt d'vn cheual à terre, puis
à courfe retournoient monter fur l'autre
en diligence. Telz garfons s'apelloient
Pueri Celetizontes, & les cheuaulx s'apelloient *Equidefultorii*. Telle maniere de
courfe, eſt encores auiourdhuy vfitée en
Conſtantinople:& y prend lon grand plai
fir à veoir l'agilité tant des cheuaulx que
des garfons : ou bien encores de ceux qui
en courant defcochent en arriere trois
ou quatre flefches au coup. Telz fpectacles à pris, a de couſtume le Turc de propofer en public.

Faintes batailles,& prinſes
de villes, à pris pro-
poſez.

Au cirque deſſufdit faifoient encores les
anciens batailles faintes, part contre part,
tant auec les chariotz fufditz, à la mode
antique comme auec des cheuaulx, & aucunesfois à pied, & encores meflez enfemble comme il eſt dit de Iule Cefar: qui
propofa vne grãde bataille au cirque,pour
laquelle plus à l'aiſe monſtrer, & à fin que
l'efpace fuſt plus grande aux combatans
fit

fit ofter les metes dudit cirque, lefquelles
(comme i'ay dit par cy deuant) eftoient
pofées pour les coureurs au ftade, au lieu
defquelz fit le camp & tentes des armées.
En chacune armée y auoit cinq centz pie-
tons, vingt Elephans, & trente cheuaux.

Au champ de Mars, Claude Cefar propofa vne forme d'affault & prinfe de ville, à la maniere de la guerre, & eftoient les
combatans Angloys contre Romains, au-
quelz ieux chacun eftoit veftu à la mode
du païs, & faignoient les Anglois fe rendre puis commencer de plus belle. Pour la
commodité des fpectateurs fit autour du
champ, des fieges & efchaffaux de boys,
ainfi qu'auoit fait au parauant Augufte.

Ledit Claude fit faire au grand cirque
des metes & chafteletz de marbre qu'ilz
apelloient prifons, lefquelles chofes au
parauant ne fouloient eftre que de boys
ou de maffonnerie ; fit auffi dorer lefdites
metes, & inftitua, & fit faire lieux propres pour les Senateurs, lefquelz au precedent n'auoient point de place prefixe, &
fouloient regarder d'ou ilz fe trouuoient
tellement qu'il eft dit d'Augufte, qu'il regardoit les ieux Circenfes des ceuacles de
fes

fes amys ou parens, Neron fit des ioustes
& combatz de chariotz l'vn contre l'autre, lesquelz menoient quatre chameaux à
chacun chariot, & estoit apellé le chariot
Quadriga, ce fut aux ieux qu'il consacra
pour l'eternité de son Empire, ausquelz
ieux y eut vn Cheualier de Rome, lequel
monta sus vn Elephant & courut au *Ca-
tadrome*. Iceluy prince mesmes apres de-
fendit le ieu des *Quadrigaires*, à cause
qu'ilz auoient vne certaine licence inue-
terée de courir parmy la ville, & espou-
anter & tromper le peuple, desrobans &
faisans plusieurs extorsions pendant que
lon estoit aux ieux, ou apres, & deuant i-
cculx.

En ces combatz y auoit liurées, & diuerses couleurs, & estoient les cheuaulx
& chariotz parez d'icelles liurées, & appelloient telles liurées Factions, car par
icelles lon cognoissoit la diuersité des
combatans,

La maniere que lon tenoit aux ieux
& les personnages qui les gou-
uernoient.

N. Comme

Omme cy deuant à esté desia
dict, les Ediles auoiēt la charge des ieux publiques, à sçauoir de mettre ordre par tout
& frayer deniers pour les
pris, & edifices des Scenes, ou spectacles
& telles aultres choses. Or commettoient
cesdictz Ediles aultres gens pour vacquer
au pourchaz desdictz ieux, & fournir de
combatans, gladiateurs, bouffons, iongleurs, farseurs, chantres, musiciens aornementz, & aultres telles choses, lesquelles chacun à part, selon sa vacation procu-
curoit en diligence: parquoy iceulx commis estoient apellez procurateurs des ieux
Les aultres auoient la charge des bestes,
qui se produysoient au Cirque, & de pris
couronnes, ioyeulx, bagues, largitions
& aultres cas que donnoit l'Empereur.
Leur office estoit de les mettre en champ,
largir au peuple, donner & distribuer selon qu'il leur seroit commandé: iceulx s'a
pelloient *Curatores munerum, & venatio-*
num.

Pendant que les ieux se faisoient, il y a-
uoit des preuostz qu'ilz apelloient tantost *Presides*, tantost *Pretores*, desquelz
l'office

l'office estoit de regarder sur le peuple, à
fin qu'il n'y eust confusion, & à chacune
porte tant du Theatre comme de la Scene
& aux entrées communes, y auoit gardes
commis par lesdictz preteurs, pour obuier au tumulte. Quand aux batailles, y a-
noit des tribunus de cheualerie, & sembla
ble ducteurs vaillans capitaines, bien en
ordre, d'esquelz l'office estoit conduire les
bandes, & leurs monstrer les endroitz.
Ceulx que conduysoient les ioueurs des
Comedies s'apelloient *Choragi*, & qui
conduysoient les gladiateurs, s'apelloient
Lanista. Ceulx aussi qui conduysoient
les spectacles comme de poëmes & recit
de telles choses, s'apelloient *Magistri Ludorum*.

Il y auoit des iuges esleuz par suffrages
lesquelz estoient assis au lieu le plus apa-
rent pour voir, ausquelz on se rapertoit,
touchant ceulx qui auoiét gaigné le pris.

Deuant que les ieux se fissent, vn des
Huyssiers du Senat apellé *Preco*, signifi-
oit par toute la ville au peuple, quand les
ieux seroient, & quelz ieux se iouroyent
& du bien de qui, tellement que (comme
dict a esté par cy deuant) quand ilz publi-

N ii   oient

oient les ieux seculiers, le *Preco* denon-
çoit au peuple qu'il se trouuast au Theatre ou Cirque pour voir les ieux qu'il n'a-
uoit encores veu, ne verroit apres de sa
vie, à cause qu'ilz ne se se faisoient que de
cent en cent ans.

Le peuple assemblé, vn personnage qu'ilz
apelloient Nomenclateur, recitoit qui e-
stoient les combatans, par nom & surnom
& prenoit de chacun les noms, fust en cō-
bat de sault, luytte, betterie, ou recit de
Comédie.

Les noms des ioueurs & combatans e-
stoient escriptz en billetz, puis coupez &
mis dane vne vrne par ceulx qu'ilz apelloient *Prefecti Ludorum*, ou *Prefecti tri-
buni militum*, & apres qu'il auoient esté re-
muez, on les tiroit par ordre, & selon
qu'ilz venoient, on iouoit à fin qu'ilz n'y
eust point de debat.

Quand l'on vouloit commencer le ieu,
le trompette public du Senat imposoit
silence, n'osoit on cracher ne moucher
trop haultement sans estre regardé & mō-
strer pendant le ieu. Deuant que commencer, apres le premier son du trompette, le
Preco recitoit les pris, & disoit que le premier

mier auroit telle chofe , & le fecond telle,
& ainfi des aultres . Apres le filence faict,
chacun des coureurs ou ioufteurs , ou cõ-
batans , fe mettoit en fa place pour combatre & faillit en ieu . Les buttes & bor-
nes defditz coureurs, s'apelloient au Cirque , chartres & prifons, defquelz ilz fortoient incontinent que, felon le comman
dement du preteur , le trompette auoit
fonné.

Apres le ieu, lon venoit aux iuges, lefquelz iugoient qui eftoiét les vainqueurs
lequel iugement le Nomenclateur pronõ-
çoit à haulte voix, felon laquelle prononé-
ciation l'vn des preteurs prenoit vn ou
deux pris, le deliuroit au vainqueur à fon
ordre & dignité.

Les pris & dons propofez aux vainqueurs

Les dons & pris que lon propofoit , e-
ftoient de diuerfe forte , felon les ieux di-
uers.Si c'eftoit aux ieux nauales, lon pen
doit au meilleu de la Naumachie,des tri-
podes , des couronnes de laurier, des palmes, des armes , des fayes d'efcarlate pro-
filez

filez d'or, des talentz d'or & d'argent, des vaisseaux entaillez, & choses semblables. Puis le ieu finy, le preteur bailloit aux victeurs les dons selon qu'ilz auoient esté adiugez, & ainsi triumphans, aornez de couronnes de laurier, & tenans palmes en leurs mains, auec personnages qui leurs portoient leurs dons deuant eulx estoient en grande pompe de trompettes & musiciens conduitz par la ville.

Aux ieux de combat & assaultz y auoit pour pris heaulmes, espées, halecretz, carcantz d'or, bagues, & argent content.

Aux ieux de traict, & chasse, y auoit pour pris trousses de flesches, arcz d'argent, & vouges, auec couronnes & palmes.

Aux ieux Sceniques y auoit argent côtent, chesnes d'or, carcans, vestement precieulx, vaisselle d'argent, couronnes & palmes, lesquelz pris se bailloient aux Histrions, qui mieulx auoient ioué, oultre les gages qu'ilz auoient de la ville: lesquelz gages restreignit Tiberius Cesar & fit reduire les gladiateurs à certain nôbre.

Les

Les largitions qui se faisoient au
peuple durant les ieux &
apres iceulx.

Vne sorte d'esbat finye en attendant v-
ne aultte par maniere d'interualles, ceulx
que lon apelloit *Curatores munerum*, iettoient au peuple plusieurs dons, & choses
precieuses, en faisant crier largesse, par le
Preco, & signifiant de par qui se faisoient
telz present, qu'ilz apelloient *Missus* ou
Missilia.

En ces presentz y auoit de largent mon-
noyé, & de l'or, aussi des bagues, paintu-
res vestementz, oyseaulx de plusieurs sortes, billetz, ou estoient escriptz, cheuaulx,
mesures de bled, champs prez, maisons &
aultres telles choses, lesquelles estoient
deliurées à ceulx qui rencontroient lesditz billetz. Car on iettoit les choses sus-
dites sur le peuple à la volée, parquoy s'a-
pelloient *Missilles.* Lon portoit aussi par
les degrez en la multitude du peuple, certaines corbeilles pleines de viandes suc-
crées & delicieuses, comme par maniere
de recreation : & en prenoit qui vouloit,
cela s'apelloit *Publica Sportulla.* Il est dict
N iiii do

de Domitian, qu'il ietta trois fois au peuple, la somme de trois centz escuz, celà s'apelloit *Congiarium*. Et vne fois pour ce que la plus part de l'argent cheut sur le menu peuple, & gueres au costé des cheualiers, il ordonna qu'à chacun coing ou costé desditz cheualiers fussent iettez cinquante escuz ou tesseres. Iules Cesar fit vne fois apres ses triumphes, largition au peuple de deux muiz de grain, pour chacun citoyen, dix liures d'huylle, & cent escuz pour teste.

Festins publiques au peuple Romain.

Au lieu du Theatre apellé *Orchestra*, ou bien en la place vuyde ou arene de l'Amphitheatre, les pontifes quand ilz estoiét créez, & les Empereurs quand ilz triumphoient, ou proposoient ieux solennelz, bailloient & faisoient vn festin au commun peuple, lequel festin ilz apelloient *Epulum*. En icelay le peuple estoit assis chacun selon sa dignité, & estoit traicté de mesmes, auec recreations de plusieurs sortes. Il est dict que Neron souuent pour
son

fon plaifir apelloit grand nombre de peuple, & s'en alloit en telle compagnie fouper à l'Orcheftre du Theatre . Iules Cefar fit deux difners au peuple ce que depuis n'eft ouy d'aultres Empereurs auoir efté faict . Ce fut apres l'expedition d'Efpagne: & à caufe qu'il auoit ouy quelque complainte que le premier difner n'auoit pas efté affez fumptueux, cinq iours apres en refit vn aultre plus excellent pour fatisfaire au peuple. Somme, telles largitiōs ou fumptuofitez ne fe faifoient que pour toufiours gaigner l'amour du peuple à caufe qu'aux creations d'offices & dignitez, il auoit voix en chapitre.

En quelz lieux & places de Rome fe faifoient les ieux fufdictz.

Les ieux defquelz auons cy deuant parlé, fe faifoient premierement à la grand' place pres du palais apellée Forum: à caufe dequoy (comme recite Vitruue) eftoit iceluy Forum faict en forme oblongue & ouale, auec portiques à l'entour, & lieux vers les logis, propres pour dreffer efchauffaulx & fpectacles.

Depuis

Depuis plus commodement se faisoient au champ de Mars qui estoit vne grande place vuyde, bien spacieuse, en laquelle lon dressoit lices pour les combatz, mettes & obelisques pour la course, barrieres (qu'ilz apelloient *Septa*) pour retenir le peuple, & aulcunesfois degrez & spectacles pour assoir le monde : encores se faisoient & bastisoient audict lieu Theatres & Amphitheatres de boys & Scenes de de mesme : parquoy il est dit qu'en vn an Neron fit faire au droit du champ de Mars vn Amphitheatre de boys, auquel il regardoit voluntiers les Comedies, & Tragedies : & auquel aussi, il chantoit & recitoit souuent en presence du peuple. Marcus Scaurus (ainsi que Pline recite) en fit vn assis sus des piuotz, lequel se tournoit & seruoit de deux Theatres à part, & d'vn Amphitheatre cloz. Il y auoit grand danger à telles folies quand elles n'estoiét que de bois, tellement que celuy de Scaurus cheut vne fois, & y eut grand monde tué. Et souz Tiberius Cesar, recite Suetone, que luy estant aux ieux des gladiateurs au châp des Fidenates hors Rome, l'Amphitheatre cheut, & tua bien mil personnes,

nes. Au moyen dequoy lon trouua la maniere d'en edifier de pierres, qui feuſſent
plus ſeurs. L on trouua aufſi moyen pour
les courſes, chaſſes, batailles, combatz, &
aulcunesfois pour la guerre nauale, de faire vn lieu apellé *Circus* : car Virgile faiɑ
vne guerre nauale dans le Cirque, & n'y
auroit non plus de diſcommodité ne de
dificulté, que de la faire à l'Amphitheatre,
comme auons diɑ à la Naumachie. Mefmement Suetone recite que Iule Ceſar fit
vne Scene au Cirque, en produyſant ladi-
ɑe Scene au meilleu dudiɑ Cirque.à tra-
uers, paſſant d'vn coſté & d'aultre,laquel-
le Scene aufſi paſſoit oultre l'Orcheſtre
d'autant qu'elle faiſoit en vn Amphithe-
tre. Car l'Orcheſtre ou cirque ſe peult a-
peller, la place ou le terrein ſur lequel on
ſaultoit,& couroit, Auguſte fit edifier des
ſieges & eſchauffaulx de bois au champ
de Mars, pour ſpeɑacle des Athletes &
pugiles.

La forme du grand Cirque dont encores
lon voit quelques veſtiges en Rome, e-
ſtoit oblongue, comme vn œuf & auoit
en longueur trois ſtades, & en largeur vn
ſtade, à l'entour duquel Cirque, eſtoiēt ba-
ſtiz,

ftiz, felon le temps des ieux, certains degrez qu'ilz nommoient *Subsellia*, & e-
ftoient iceulx degrez faictz de charpente-
rie à la façon de ceulx des Amphitheatres
pour la commodité du peuple, & des Senateurs, & fur iceulx chacun eftoit affis
felon fon eftat, de peur de confufion, toutesfois qu'il y en auoit aulcunesfois, car
au Cirque, les degrez n'eftoient point fi
commodement faictz qu'a l'Amphitheatre, ne les lieux bien deputez, de forte
que Caligula fut efueillé vne fois à mi-
nuict, du bruict que faifoit le peuple audict Cirque en prenât & occupant la place de bonne heure: à caufe dequoy les chaf
fa tous à coups de gaulles, auquel tumulte
y eut plus de vingtz cheualiers Romains
tuez, & beaucoup de femmes, fans le refte
du commun: en ce differoient les fieges du
Cirque que par deffus iceulx fieges n'y a-
uoit aultres edifices, comme aux Theatres & Amphitheatres. L'efpace & longueur dudit Cirque, eftoit diuifée en fept
parties, & autant de metes: & felon chacune mete, de la longueur du Cirque, y a-
uoit vne ligne blanche, pour la diftance
des coureurs. Les metes & obelifques, fe
pouuoient

pouuoient oſter & remettre, ſelon les ieux
que lon iouoit, & ceulx qui ne couroient
qu'vn ſtade, auoient propres metes: & ainſi des aultres.

Te ſuffiſe (Lecteur) de ce peu qu'auons
peu colliger pour ton vtilité touchant ceſte matiere : & te plaiſe excuſer ſi quelque
cas te ſemble vn peu eſtrange, ou au ſens,
ou à l'eſcripture : car il n'eſt poſsible en ſi
grande varieté ne faillir aulcuneſfois. Ce
pendant viuras en eſperance d'auoir de
ceſte meſme main quelques beaulx por-
traictz & plates formes de diuerſes antiquitez , par leſquelles pourras plus facilement entendre & voir à l'œil ce que t'a-
uons par cy deuant deſcrit.

Fin de la premiere comedie de Terence nouuellement im- primée à Paris par Eſtien- ne Groulleau.

le livre de Peter harrington

eM44.

CLJ/ï

Piece torn from
second leaf with
loss of text.

Jc.60 cm.
7/9/59

www.ingramcontent.com/pod-product-compliance
Lightning Source LLC
Chambersburg PA
CBHW051821020726
47502CB00005B/1575